너는 단 하루도
비를 맞지 않았다

매일매일 생활시인

조양제

세상에서 가장 귀한
책을 만듭니다   어진책잇所

시인의 말

꽃을 보고
꽃을 위한 시를 쓸 게 아니라
그 꽃을 보고 가슴에 꽃이 핀
사람의 시를 써라

2024년 3월 조양제

너는 단 하루도 비를 맞지 않았다

목차

1부_ 내 옆의 살아가는 모습

2부_ 우리들의 사랑에 대해

5부_ 일상에서 마주친 낯선 감성

6부_ 시를 다시 생각합니다

나가는 글_ 내 시와 함께 페친들

1부

—

내 옆의
살아가는 모습

그곳 그 일

.

.

.

계단을 끝도 없이 올라가는
자동차도 못 올라가는 그곳
사람들 복숭아뼈만 보이는 진성빌라 반지하
나름 펜트하우스처럼 전망 좋고 추운 선궁빌라 옥탑방
다른 이들의 삶이 다 들여다 보이는 다세대 연립
쥐와 바퀴가 사람보다 많았던 그 허름한 상가주택
비닐하우스에 안 살아서 다행이지만
갈비뼈가 드러난 시골 농가주택
토굴에 안 살아서 다행이지만
빛 하나 스며들지 않는 완전 지하 그곳
아파트에 못 살아봐서 불행이지만
30대 후반까지 내가 잠들었던 그 비루함들

신문 돌리고 병 우유 배달하고
공부하다 일하러 가고
만화방에서 키득거리다가 알바 가고
교통사고 환자 시체 닦으면 10만 원
중동신도시 노가다 하루 일당은 5만 원
새벽 인력시장에 팔려 엘리베이터 없는
5층 상가주택에 질통 지고 올라가던 그 일들

강남 대치동 어마어마한 집에 들어가
입주 과외도 좀 해보고
인형 공장에서 일하고 양말도 팔아보고
단란주점, 노래방 청소 알바도 좀 하고
중간중간 계단참에서 쉴 때
내가 흘린 건 땀이었나 눈물이었나

어디 세상에 내놓을 수 없는
내 삶의 이력이
지금의 나를 지탱하고 있음을
사람 살기 힘든 곳에서 사람을 알고
사람이 하기 힘든 일을 하며 사람을 배우고
밑에서 꼼지락거리면서도 울고 웃었던
그런 그 삶을 그래도
나는 사랑한다는 것을
부족하고 모자라도
그게 내 삶이라는 것을

• Jae Ho Jeon : 양제쌤은 시인이시자 깊은 통찰력을 지닌 철학자시네요.
        철학자임을 시인하시죠. ㅋㅋ
• Eunhee Kim : 고생을 많이 하고 눈물도 흘리시면서 힘든 이들의 아픔에
        공감하실 수 있는 멋진 어른이 되셨네요.
• 유영태 : 저 중 몇 가지는 저도 해본 일이네요 ^^ 시 쓰는 삶을 살기 위한 준비였을까요?
• 박향숙 : 그곳 그 일이 '조양제 시'의 밑거름이 되었네요
• 정용균 : 토닥토닥

새벽의 존엄

새벽 4시,
시장의 떡집에 불이 켜지고
불을 피운 드럼통 주변으로
팔려 갈 일용 노동이 모이고
영하 14도에도 빗자루는 땀이 나고
버스 첫차는 기침 한번 하며 시동을 건다

지난주에 직원을 내보낸 사장님은
혼자 공장을 돌리러 1톤의 발걸음을 옮기고
양재동 새벽 꽃시장은 이미 새벽이 아니고
수협 공판장에서는 경매 목소리를 다듬고
팔순의 할아버지는 폐지를 담을 리어카를 움직인다

차가 뜸한 시간에 아스팔트를 고쳐야 하고
가락동 농수산물 시장은 새벽의 땀이 가장 고되고
새벽 배송을 준비하던 60대는
고단한 자기 목숨을 저세상으로 배송한다

일출을 볼 틈이 없고 꽃의 미소를 볼 여유가 없는
새벽이 새벽인지 모르고 어둠이 어둠인지 모르는
그저 자신의 몸을 새로운 벽에 던지는 사람들
그들의 빈속을 30년 넘게 채워준
국밥 아줌마의 새벽도 해를 볼 틈이 없다

세상의 어떤 노동이 귀하지 않겠느냐만은

해가 뜨기 전의 노동은

내 손에 쥐어진 새벽보다

더 엄숙하고 장엄하다

- 박종국 : 고맙습니다. 몇 번을 읽고 담아갑니다.
- 박향숙 : 귀한 시간입니다
- 박광호 : 새벽을 여는 고귀한 분들이 있기에 우리의 아침이 매일 상쾌한 것이겠지요.
- 유영태 : 새벽형 30년차 입니다. 어두운 새벽 걸음에 축복이 있기를~~
- Eunhee Kim : 일출을 볼 여유도 없이 새벽에 몸을 던져야 하는 사람들이 많지요.
   소소한 낭만마저도 사치인 사람들
- 최상근 : 나 같은 게으름뱅이에겐 자주 찾아오지 않는 시간이지요.
   새벽에 강제 기상해야 하는 3월이 다가오니 조금씩 기상 시간을 당겨 보겠습니다.

2,200원

죽은 사람
주머니에서 나온 돈이
2,200원

가는 길이
너무 가볍다
억지로 내려놓고
새털처럼 간다

• 박종국 : 슬픕니다. 담아갑니다.
• 최예숙 : ㅠㅠ

노을을 보는 게 아직은 사치인가

하늘은 변화무쌍했고
땅은 한결같지 않았다
벼락과 천둥이 연대를 하니
지축이 공포에 떨고
지구의 뜨거운 심장이 솟구친다

순식간에 사라졌고
순식간에 태어났다
사람으로 태어나서
짐승으로 살았다
그 태초의 원시에는
생존이 복이었다

사방천지에
나를 죽이려 드는 것들
혹독한 추위
굶주린 맹수
그 공포의 전쟁터에서
붉은 노을의 아름다움은 사치였다

꽃을 보내준 햇살이 고마웠고
먹을거리를 준 가을이 안식이었다
배부르니 한번도 가진 적 없는 평화가 왔다

살아남았더니 살맛이 났다
그게 인간으로 태어난 복이었다
그 복을 맛보니
그 복을 계속 달라고 했다

인간은 빙하기나 지금이나
여전히 동굴 속에서 두려움에 떨고 있고
벼락과 천둥은 여전히
지축을 울리고 있다

지금 인간들은
돈벼락과 빚천둥이
생존을 위협하고 있지 않은가
당신에게 복은 여전히 오지 않았다

320만 년 전의 빙하기는
여전히 사람들 마음속에서 재현되고
용암은 엉뚱한 분노조절 장애로 치솟는다

우리는 생존을 위해 다시 새해의 복을 빈다
우리는 여전히 아름다운 노을을 보는 것이
사치가 되고 있다

• 남후양 : 아 통했다! 감동입니다. 진심 고맙습니다. 조 시인님.

16

부러진 인생

더 이상
보호할 힘을 잃어버린
가장이 널브러져 있다
의자에 놓인 멀쩡한 우산은
한심스럽게
안쓰럽게
부러진 뼈를 바라본다
수선할 필요 없는 싼 인생
부러진 순간
존재 가치를 잃은
그런 인생들이 빗물처럼
길거리로 흘러 들어와
저 밑바닥으로
아무런 주목도 받지 못하고
흘러나간다
쓸모를 잃어
쓸쓸한 그런 인생들이

• 박향숙 : 슬퍼요
• 아리미 : 제 인생에 대한 시군요 ㅠ

빈

늘 가던 곳이었어.
아니 어제도 갔던 곳이었어
그런데 오늘 뼈와 내장이
살 밖으로 나와 있네
모든 것을 걸었을 거야
마음이 들떴던 게 100일 전
사람이 줄을 서 있을 때도 있었지
그 줄이 생명줄이었지
20년 모은 돈을 여기에 부었어
말렸지 고민했고 모든 걸 걸었어
이게 인생의 전부가 아닐 텐데
왜 다 걸었을까
내 가게가 뼈를 드러낼 때
옆 가게는 100일 전의
내 살이 돋아나고 있네
그도 100일 후는 뼈가 될까
이제 나는 텅 비었어

그 좋은 자리의 블랙홀

구멍에 빠지면 다른 세상으로 가

다 먹고 살려는 걸 떠나는

다른 세상으로 가

가게 안에는 주인의 썩은 한숨이

담배꽁초와 나뒹굴고 있네

임대를 붙인 현수막은 저승사자

드나들던 사람은 그냥 잠깐 아프지만

머물며 땀 흘리던 사람은 오래 아프지

사람이 오면 그게 빛

사람이 안 오니 그건 빚

어제는 아이 학원도 끊고

적금도 깼는데

이제 무엇으로 먹고살아야 하나

가게 앞 계단에서 달을 보니

슬플 때 밤 하늘은 왜 예쁜 거야

• Eunhee Kim : 사업이 안돼서 자살하는 자영업자들이 많지요.
     이들의 아픔은 크게 주목받지 못하는데 이렇게 시로 옮겨주시니 감사합니다.
• 최윤희 : 아.....ㅠㅠㅠㅠ

새벽 인력시장

팔려나갈 준비를 하는데
몸보다 마음이 더 추워요
드럼통 난로를 사이에 두고
같이 팔려갈 사람과
따뜻한 수다를 떨어도
입도 떨리고 어깨도 떨리죠
오늘은 빌라 짓는 곳이라도 나가야 하는데...
나보다 열 살 스무 살 많은 아저씨들의 절박함을
감히 스무 살이 넘보려 합니다
노란 버스에 운수 좋은 날들이 실려가고
남은 우리들은 새벽 시장에서
소주 한잔으로 마음을 달래지요
크아, 이 맛이 인생 맛이구나
크아, 이 맛이 새벽 쓰린 맛이구나
50이 넘은 아저씨가
20의 철없는 감탄에
눈을 스윽 흘리고
아무 말 없이 잔을 텁니다

• 손린 : 새벽녘 인력시장에 현황을 잘 감상합니다.
        감사합니다. 고단하고 고독한 이들에게 따뜻한 관심과 응원 보냅니다
        날씨가 추워지니까 더 마음이 시립니다
        다들 좋은 일들만 생기길 빕니다
- Eunhee Kim : 새벽 인력시장 노동자들의 고단한 삶의 풍경과 애환을
        담담한 어조로 잘 담아내셨네요. 쌤의 시에 깊이가 있군요.
        거친 풍파에 일그러지고 흠집이 생겨도
        안으로 안으로 둥글고 단단해져 은은하고 깊은 향기가 나는 모과처럼요^^

너의 희망이 무엇이냐*

재개발이 시작된
노쇠한 마을
사람은 이미 이주해 떠나고
꽃들과 잡초들과 길냥이들이
그 자리를 차지했다

바람이 두어 차례
골목을 휘감으면
폐허 위에 꽃들의 콘서트가 펼쳐지고
누군가 흘려놓고 간 정신 한 조각을 모아
쥐들의 만찬이 시작된다

인간의 욕망이 다시 세워지기 전
인간 이외의 생명들이
그들만의 새로운 희망으로
뼈만 남은 도시에 새 살을 만들고 있다

저녁에는 달빛의 주관 하에
은밀한 반상회가 벌어지고
그동안 숨죽였던 땅속의 생명들까지
빛의 희망과 손을 잡는다

언젠가는

인간의 견고한 성이 세워지겠지만

언젠가는

고작 서른 살 먹은 겉늙은 다른 도시로

이주를 시작하겠지만

이들에게는 인간이 없는

이 순간이 가장 행복하다

월급 받은 날 술 취한 가장이

속 좁은 골목에서 부르던

이 풍진 세상 희망가

이제 숨죽였던 그들의 노래가 되어

경계를 잃어버린 담벼락을 타고 넘는다

* 〈희망가〉 가사 중에서

• 남후양 : 흥~~! 밥 먹고 시만 쓰나 봐.
          하지만 도저히 지나칠 수 없는 이 시...
          케힝~ ㅠㅠ

22

그렇게 산다, 다들

카톡을 한다
게임을 한다
영화를 본다
입금을 한다
쇼핑을 한다
뉴스를 본다
선물을 한다
페북을 한다

그러다 사람을 만난다
사람을 앞에 두고

카톡을 한다
게임을 한다
영화를 본다
입금을 한다
쇼핑을 한다
뉴스를 본다
선물을 한다
페북을 한다

그렇게 안으로 들어가 산다
그렇게 밖은 유령으로 산다

• 박향숙 : 여럿이 카페에 차 한 잔 시켜놓고 각자 카톡을 한다
• 손봉수 : 작은 우주가 그 안에 있으니까요^^
• 박승호 : 대화를 합시다~~
• 남후양 : 하모 이름 기 바로 시인 기라
• 리강길 : 맞아요. 요즘은 다 그카데요 ㅎ

그놈의 걱정

꽃은 내일 걱정 안 한다
내일 혹한이 와도
내일 폭설이 와도
그냥 해 맑게 피어 있을 뿐

나무는 폭풍 앞에서
가지 걱정 안 한다
바람이 불면 부는 대로
폭우가 오면 오는 대로
그냥 온 몸을 맡길 뿐

새들은 먹을 거 걱정 안 한다
어차피 하늘이 다 먹여 살릴 거
그냥 어제에서 오늘로 날아와
그냥 날개만 안 아프면 그만

강아지는 죽을 걱정 안 한다
그냥 나비 한 마리 잡겠다고
깡충거리다가 죽을 때 되면
산으로 조용히 올라가
자기 죽을 자리만 만들면 되지

다들 걱정 없이 그렇게
다들 걱정 없이 오늘만 산다
사람만....그렇게 못 산다

• 아리미 : 역시 멋진 생활시입니다.

오늘의 전당포는 안녕하십니까

.
.
.

"휴대폰 미납 때문에요." (24/01/07)

희망금액 62만 원, 부산, 직업 있음, 36세 여성

"급하게 100 빌려 봐요." (24/01/06)

희망금액 100만 원, 강원, 직업 있음, 38세 남성

"30만 원 급전 문의요." (24/01/05)

희망금액 30만 원, 경기, 직업 있음, 46세 남성

"퀵서비스 근무자 100 대출." (24/01/05)

희망금액 100만 원, 충북, 직업 있음, 34세 남성

"기대출 2000만 원 무직 당일대출." (24/01/03)

희망금액 400만 원, 경남, 직업 없음, 26세 여성

"연체자 급전 200 문의." (23/12/31)

희망금액 200만 원, 인천, 직업 있음, 25세 여성

– – – – – – – – – – –

세상은 살기 위해 간절한데

나는 나만의 간절함으로

시를 쓰고 있다

저들의 부르짖음에는
꽃도 달도 보이지 않는 걸 잘 안다
그래서 부끄럽고
그래서 슬프다

저 글에 대부업체
아홉 개가 달라붙는다
이젠 파리들의 세상이다
에프킬러는 세상에서 탈락한
에프들만 킬링한다

죄와벌은 전당포에서 일이 벌어졌다
전당포로 가는 라스콜니코프가
왜 이렇게 많아졌는가

돌려막기도 힘들어서
죽어가는데
나는 시를 쓰고 있다

• 지희선 : 에프킬러는 세상에서 탈락한 F만 killing한다.
          동의합니다! F는 가장 밑바닥이므로 반등할 수 있는 기회도 있음을 공포합니다
• 박성현 : 선생님'만'의 돌려막기는 글과 언어로 된 동그라미일지 모릅니다.
          그것으로 누군가의 구명원이 될지도 모릅니다.
• Eunhee Kim : 글의 힘은 강해요. 글은 많은 이들의 의식에 영향을 끼치고
              그 의식의 흐름은 행동으로 연결돼요.
• 변순원 : 세상은 에프킬러를 사용하지만~~ 주님은 에이킬러와 에프힐러를 사용하신다.
          주님께 나아가 한 방 맞아봅시다~~♡
• 양태현 : 처절한 현실속 감동적인 시. 감사합니다

28

나는 노예다

나는 내가 소유한 것들의 식민지
자본주의의 침공은
아침 변기에 앉을 때부터 시작되고
유혹에 빠지지 않게 해달라고
기도하는 순간 유혹에 넘어간다

나는 내가 소유한 것들의 노예
내가 그들의 주인이 아니라
그들의 나의 주인이 된 현실
알고도 빠져나올 수 없는
노예인지도 모르고 사는 그 현실

나의 집, 나의 차, 나의 물건들을 위해
내 몸의 피와 땀을 뽑아내고
더 좋은 집, 더 좋은 차,
더 좋은 물건을 향한 무한 질주
그렇게 나는 내 물건에 묶여
나의 시간, 나의 생명이 사라져 간다

내 땀은 누구를 위한 것인가
내가 번 것들은 어디로 갔는가

나의 머리, 나의 눈, 나의 발이
노예가 되어 움직인다
내가 아닌 나의 소유를 위해

꼭 필요한 곳에는 마음을 주지 못하고
꼭 필요하지 않은 것에 마음을 빼앗긴

어느덧 모두가
물건에 기계에
소유되고 조종당하는
탈출을 포기한 우리의 일상
다양한 식민지들의 일상
식민지의 그 평화로운 일상

내일은 또
누구의 노예가 되어
평화로운 척 할 것인가

• K-suk Park : 나는 리더다 또는 나는 주인이다라는 척하는 철없는 시는 없을까요?~~
           끝까지 척하게 살렵니다.
           어차피 짧은 인생 살면서 만사를 깨닫지 못하는 미물인 것을~
           철없이 행복한 줄만 알고 살다 가렵니다~
• 박향숙 : 우리 모두는 욕망의 노예
• Sungyoon Park : 욕망을 부추키는 자본주의..ㅜㅜ 평화로운 식민지란 구절이 뼈저립니다.
           소유를 위해 악마에게 영혼을 팔아버린 결과 같다고나 할까요..

30

내 삶은 어제의 구름이 아니라오

비슷하지만 같지 않은 구름처럼
한 생이 그렇게
다른 생이 그렇게
비슷한 듯 다르게 흘러갑니다

한 조각 구름처럼 태어났다가
한 조각 구름처럼 사라지는 생

어제 흐르던 그 구름이
오늘도 다시 흐르지만
어제의 구름과 오늘의 구름이 다릅니다
어제의 내 삶과 오늘의 내 삶은 다릅니다

비슷하지만 다른 구름이 오고
비슷하지만 다른 삶이 옵니다

있는 것도 아니고
없는 것도 아니고
손에 잡힐 듯 잡히지 않는
내 삶과 네 삶
내 영혼과 네 영혼

구름이 어디서 왔는지 모르듯
구름이 어디로 가는지 모르듯
저기 구름 사이에 숨은 내 영혼
저기 구름 위로 떠가는 네 영혼

오늘도 누군가는 갑니다
오늘도 누군가는 옵니다

내게 온 인연은 먼지 같습니다
그 먼지가 만든 노을을 보며
그리워하고 있습니다
그 먼지가 만든 구름을 보며
저 먼 곳을 그리워하고 있습니다

오늘 구름이 흘린 눈물을
빗물처럼 손으로 받았습니다
그리고 다시
내일의 구름 위로 올려 봅니다

• 아리미 : 선생님의 시는 시어가 편하고 시구들을 이해하기 쉽습니다.
          정호승의 시를 읽는 느낌입니다. ^^b

귀로

여름 햇살에
두들겨 맞아
빨갛게 달아오른 것들이
지친 몸을 떨구고
땅으로 간다

왕년의
초록은 갔다
바람에
버티던 힘도 갔다

순응.
애썼다는
그 한마디면
한생을 잘 살았다는
보상.

비슷한 처지들끼리
차가움을 향해
걸어간다

한껏 달아올랐던 시간을 벗고
다시 봄을 만드는 시간 속으로
돌아간다

바람의 손을 잡고
빗물의 손에 이끌려
나왔던 그 흙 속으로
다시 돌아간다

다들 그렇게
돌아간다

• 김홍림 : 마음이 처연해져 옴을 느꼈습니다.
　　　　　詩가 주는 느낌이 이렇군요.

땀

중동신도시 건영아파트 공사 현장에서
질통을 지고 오르는 대학교 2학년
땀이 눈으로 들어온 건 눈물이 아니지
5층까지는 참았는데 아무리 21살이라도
10층은 다리가 떨리는데 어쩌지
이걸 참아야 오늘 5만 원을 손에 쥐는데
6층에서 쉴까 7층에서 쉴까
그러다 땀의 힘으로 10층까지 갔어
나는 지구에서 조금 떨어진 곳으로 오르며
지구력을 키웠던 거야

땀을 흘리면 지구력이 생겨
머리만 쓰던 놈들은 그걸 잘 몰라
머리만 쓰던 놈들이 머리에 땀이 나든?
머리만 쓰던 놈들이 노동을 알든?

가락동 농수산물 시장에서 수박을 날랐어
하필 농구공 3개만 한 무등산 수박
손목이 떨어져 나갈 것 같아서
1시간 즈음 땀을 흘리다가
일부러 떨어뜨렸어

아, 수박도 피가 철철 흐르네
그 피를 손에 쥐고 먹었어
그 피가 나에게 힘을 주었어
이 지구를 살아갈 지구력을 주었지

성남의 한 인형 공장에서 일을 했어
하필 털이 많은 인형이야
땀은 흐르지 털은 내 입에, 내 이마에
나 좋다고 엉겨 붙지
입으로 퉤퉤하면서 그 털을 떨어뜨리려 하는데
공장장이 더러운 짓 하지 말라고 혼내더라
그때가 23살인데 울었지 뭐야
그때 내 어깨 토닥이던 서른 살 누나
하마터면 사귈 뻔 했잖아
땀이 있어서 참았어
땀이 지구력이었어

요즘 애들 책상 앞에만 앉아서
펜대 굴리고 머리 굴리느라
땀 흘릴 틈이 없어
노동을 해본 적이 없어
지구에서 살아갈 지구력이 없어

그래서 1년도 안 되어서
직장을 때려치우나 봐
국회의사당 안에도 땀 흘려 본 사람이
열 명 중에 한 명도 안 되는 것 같아
머리 회전은 빠른데 지구력이 없어
말은 엄청 빠른데 참을성이 없어

질통을 지고 시를 썼어
질통을 지면 폼 재기 힘들어
근데 그늘에서 땀방울로 시집을 넘기는데
온통 폼을 재는 시들 뿐이야
그래서 시집을 드럼통 불에 쳐 넣었어
그리고 5만 원 일당 받고
아저씨들에게 끌려가 막걸리를 마시는데
우와, 아저씨들 얘기가 그대로 시 인거야
난 노가다꾼들이 다 시인인줄 알았어

나이 들어 농사를 좀 하면서
내 밭에 내 땀을 좀 흘려
그 땀을 먹고 자란 녀석들이 기특하고
내 입에 들어온 그 생명이 너무 고맙지

그 생명이 이 더러운 세상

코를 안 쥐고 살도록 지구력을 키워줘

그런 거야 땀은 그런 거야

땀은 지구에 살 힘을 주는 지구력인 거야

• 문인수 : 노무현 대통령이 부산의 아파트에서 질통을 짊어진 영화 인상깊게 봤던
           추억 소환해봅니다. ㅎ
• 김옥자 : 삶의 시, 싱싱하게 살아 움직이는 ~ 감동입니다.
• Jae Ho Jeon : 조양제선생님 시가 멋집니다. 빛나던 청춘이 있어 잘 익어가십니다.^^
• 최윤희 : 슬픔도 감동도 아픔도 고통도 희망도 동시에 느껴지는 시를 만났어요.
           이 감정을 뭘로 표현해야 할까요..
• 박충순 : 저거 해본 사람은 압니다. 다리가 후들거립니다.
• Eunhee Kim : 모진 삶 속에서 흘린 땀방울은 시가 되고, 철학이 되고~
               체험해보지 않고 펜대만 굴리며 쓴 시는 진짜 시, 진짜 철학이라 할 수 없죠.
• 유영호 : 生이 살아 숨쉬는 詩입니다.
• 심인자 : 지구력이 대단하신 분, 시도 힘이 강해요.
           아무도 건드리지 못할 단단함.
• 유영태 : 젊은 시절 잠깐이지만 질통 지어봤습니다.
           모래 나르는데, 처음엔 몸이 뒤로 제껴지는 것 같았지요.
           요즘 건설 현장엔 나이 든 사람 아니면 외국인들인들만 있습니다.
• 지희선 : 질통이 뭔지는 모르지만, 찡~ 하네요!!!

그리운 얼룩

떠난 사람을 생각합니다
바람의 손을 잡고
흰빛 속으로 사라진 사람

많이 아팠지만
티도 안 내고 사라진 사람
노을이 좋다고
노을 따라간 사람

그가 좋아했던 것들에
그의 얼룩이 남아 있어요

그가 좋아한 길
그가 좋아한 술
그가 좋아한 숲
그가 좋아한 꽃

그가 좋아한 것들을 보면
내가 왜 슬퍼지죠?

눈물이 없는 나라일까요?
눈물만 흘리는 나라일까요?

나도 곧 가야할 나라라서
그의 얼룩을 보며
예행연습을 합니다
나도 그처럼 얼룩을 남기며
노을의 발뒤꿈치를 따라갑니다

나의 얼룩을 또 누군가
그리워할지 모르겠지만
아마 내가 그를
그리워하는만큼은 아니겠지요
나의 얼룩은 그보다 흐리니까
나의 얼룩은 눈물에 자꾸 흐려지니까

온 것들은 다 가는 것이니
그리운 것들은
노을빛으로 만나겠지요
그때 만나서 당신의
얼룩을 돌려줄게요

• 남후양 : 스티그마타
• 최종철 : 참 절절 합네다. 글츄 그래유.

40

너는 단 하루도 비를 맞지 않았다

너는 나다
너는 안에 갇혀 있는 나다
너는 2평도 안 되는 공간에
늘 갇혀 사는 나다

계절을 몸으로
단 한 번도 만난 적이 없는
나는 너를 만나고
너는 나를 만난다

나는 네가 불쌍하다고
단 한 번도 생각한 적 없는데
갇혀 있는 너를 이제 발견하고
그럼에도 웃고 있는 너를 보고
너에 관한 얘기를 쓰고 싶었다

빗물을 느껴보라고
너에게 뿌려 보았지만
너에게 닿지 않는다

내가 사라지면 너도 사라지고
내가 나타나면 너도 나타난다
그런데 나는 자유롭고
너는 갇혀 있다

그렇게 나 대신 갇혀서
50년을 넘게 살았다
그렇게 나의 고독을
혼자 다 가져가서
50년을 넘게 살았다

이제야
너의 외로움에
손을 내민다
비록 나의 손이
너의 손을 잡지 못하지만
이제야
너의 마음에
내 마음을 얹는다

앞으로도 내가 나타날 때마다
우울함을 감추고 나타나겠지만
이제 내가 네 마음을 아니
거울 속에서 돌아서서
울지 말기를.
우린 또 만날 거니까.
우린 매일 만날 거니까

• 유재구 : 자화상적 독백이네요. 거울이 세상을 밝게 보이게만
        하는 건 아닌가 봅니다. 잘 보고 갑니다.
• Joseph Yi : 아! 시 좋네요.

할아버지의 눈물

지하철 환승 대기 줄에
키 작은 할아버지 한 분이
울고 계십니다

갑자기 먼저 간
아내가 생각이 나서 웁니다
같이 손잡고 이 길을 걷던 때가
사무치게 생각났나 봅니다
티격태격해도 그때가
너무 좋았던 겁니다

왜 옆에 없는 거지?
당신 어디에 있는 거야?
그래서 웁니다

할아버지의 눈물은
세월보다 빠르게
바닥으로 떨어집니다

"에고 할아버지...많이 슬프시구나. 어째요 ㅠ"

울고 계신 할아버지도
토닥이는 한 여인도
보는 사람을 눈물 나게 합니다

이게 사람입니다
이게 사람 사는 세상입니다
길을 가던 사람이
함께 울고
함께 토닥입니다

위로를 받은 할아버지
울다가 웃습니다
그 눈이 참 선하십니다

우리는 그렇게 다 선합니다
울던 할아버지 생각에
선한 마음들이 흘러내립니다

• 최윤희 : 또 툭...눈물이... ㅠㅠ 시를 읽는데 제 마음이 쳐지네요.
　　　　너무너무 멋진 시로 태어났네요 ♡^^
• 정덕채 : 며칠 후면 집사람 기일인데 ....
• 박향숙 : 따뜻한 글 감사합니다. 조양제 선생님, 최윤희 선생님 ♡
• Eunhee Kim : 사람 사는 맛이 나는 감동적인 시 감사히 읽었어요~
• 박수자 : 이 분들 사는 게 참 좋았죠 ~~^^ 감동 —다정하고 친절한 부부

44

눈물이 움직였다

리어카에 폐지를 싣고 가는
기역자 할머니는 그냥
정지화면이었다

그런데
어느 날
보고야 말았다

조용히 흘러내리는 눈물
정지를 깨는
그 엄청난 움직임
내 마음에 천둥번개를 친
그 한 방울

정지된
늘 보던
할머니가 아니었다
사람이었고
힘겨운 삶이었고
외로움이었다

말을 잃었고
관계를 잃었고
생존에 질식되어 있었을 뿐

그 한 방울이
참 많은 걸 뒤흔들었다
정지된 모든 것을
뒤흔들었다

내 마음을 온통
뒤집어 놓았다

• 최예숙 : 아린 가슴에서 빗방울이 땅바닥에 뚝뚝 심어집니다

살아있는 것만 해도

자기 집 없는 사람도 많은데
내가 집을 가졌네
몇 달 월급 못 받는 사람도 있는데
많지는 않지만 난 돈이 들어오네
눈이 안 보여 책도 영화도 못 보는 사람이 있는데
난 노안에 시력이 안 좋아도
책도 보고 영화도 보지 않는가
가족과 떨어져 사는 사람도 많은데
비록 잔소리 폭탄 아내와 걱정 폭탄 자식이지만
이들이 내 곁에 있지 않은가
어딘가 누구는 밥 한 끼 먹는 것도 힘든데
난 오늘 아침 맛있는 김치찌개에
뜨신 밥을 먹는다
오늘 아침 맛없는 어느 병원 밥 먹는
아픈 사람을 생각하면
여기저기 잔 고장이 있어도
난 얼마나 다행인가
내 주변에 고혈압 당뇨 수두룩한데
난 아직 그게 안 와서
마누라랑 맥주 한잔 편하게 먹지 않는가

일이 너무 많아서 책 한 줄 볼 시간 없다고 하지만

몇 달째 일없는 사람에 비하면

얼마나 복 받은 인생인가

한때 나도 뚜벅이였지만

지금은 내 차를 운전하지 않는가

평창 700고지에 살 때 눈만 오면 걱정이었는데

그 사진만 찍어 올리면 스위스냐고 부러워한다

가진 게 별로 없다고 투덜거리지만

돌아보면 나보다 없는 사람이 보이고

그래서 그 투정이 부끄러움이 되더라

앞만 보면 오만하고 질투했던 인생

뒤돌아보면 고마워할 일 천지더라

그냥 살아있는 것만으로도

고마워할 일 천지더라

• 최대남 : 生에 감사해~~^^
• 조근호 : 행복하시겠어요. 저도 오늘 아침 저와 동갑인 친구 부음을 들었어요~ㅠㅠ
  살아있음이 축복입니다~♡♡♡
• 박경주 : 감사해야 하는데...종종 감사를 떨구고 살아요 ^^;
• 홍종혜 : 닮고 싶지만 정말 닮기 쉽지 않은 아름다운 마음입니다.

어느 가장의 국밥

힘든 노동을 마치고
국밥 앞에 앉았다
그 등에 삶의 무게가
천근이다

깍두기도 김치도 그대로
숟가락도 들지 않는다
무슨 생각에 빠져 있을까

그의 삶에 빛이 아닌
빚이 스며든다

그래도 그래도
힘을 내야지
먹고 살자고 하는 일인데

한 숟가락을 떴다
차마 입으로 가지 못한다
소주를 시킨다
밥보다 술이 먼저다

쓰다
인생이 참 쓰다

드디어 한 숟가락을 떴다
근데 국밥에
아,
그의 눈물이 한 방울 톡

짜다
인생은 참 짜다

• 최상근 : 함민복 시인의 '눈물은 왜 짠가'의 속편 같습니다...
• 피나 세라 : 맛있는 국밥. 처량할 때가 있어요 ㅎ
• 김준현 : 형님 제 얘긴데요 ㅋㅋㅋ 눈물만 빼고 ㅎ

Carpe horas

시간이 비를 피해
술집에 앉아 있어
어떤 시간은 취해서 가고
어떤 시간은 취하러 오고

소나기와 우박 사이에
시간의 놀이터가 있어
어떤 시간은 미끄러지고
어떤 시간은 뒹굴고 있고

시간이 미각을 초대하여
입속에 향락의 잔치를 벌일 때
시간이 버린 그림자 하나는
길거리의 향락을 즐기고 있네

그 향락이 안팎에서 끝났을 때
시간을 죽이러 가는 사람이
눈을 비비고
시간에 죽임당한 사람이
눈을 감네

다 놀았는가
뭘 놀았는가
시간은 답이 없고
향락은 웃고만 있네

* Carpe horas는 시간의 향락을 의미하는 라틴어

• 박용석 : 시가 너무 주옥같아서 혼자 주석을 달아 봤습니다.

1연: 비 오는 어느 날 조 시인은 비를 피해 술집에 들어갔는가 봅니다. 술집은 비를 피하기 위해 들어온 다른 사람들로 북적이고 있습니다. 이미 먼저 들어와 있던 어떤 이는 술에 취해 셈을 하고 술집을 나가고 새로운 누군가는 취하기 위해 술집에 들어옵니다. 이런 면에서 본다면 시간은 술 마시는 시간을 의미할 수도 있지만 술 마시러 들어오는 사람 자체일 수도 있습니다. 사람이란 그리고 우리네 인생이란 결국 살아있는 시간 동안만 그 존재가 인정되는 한계를 가지고 있으니 나라는 존재는 시간과 같은 의미일지 모릅니다. 내가 태어나기 전의 시간과 죽은 후의 시간은 나에게 의미가 없는 것이 아닐까 하는 생각이 듭니다. 아무리 내 후손이 번창해서 수백 년이 지나도록 나를 기억해 준다고 한들 죽어 썩어서 진토가 된 나는 그 세상과는 전혀 상관이 없습니다. 그래서 이 시간의 한계를 극복하고자 인간은 영생을 갈구하는지 모릅니다. 내가 없는 세상이 나에게 무슨 의미가 있을까요? "시간은 곧 나다" 라는 등식이 성립될 수 있다고 저는 우겨봅니다.

2연: 잠시 피하면 될 줄 알았던 비는 우박을 동반해서 세차게 쏟아지는 소나기가 되었습니다. 비를 피한 시인은 안도하며 술집의 빈자리에 앉아 주문한 음식을 기다리며 창밖을 내다봅니다. 유리창 밖에는 땅에 떨어져 뒹구는 우박과 유리창을 타고 내리며 미끄러지듯 흐르는 빗물이 보입니다. 아니면 방금 술집에서 나간 술 취한 사람들이 땅에 넘어져서 뒹굴고 미끄러지는 모습을 보았을지도 모릅니다. 쏟아지는 비와 함께 나뒹구는 우박을 표현 한 것이든 술기운에 소뇌의 기능이 저하되어서 균형감각을 잃고 땅에 넘어지고 미끄러지는 사람들을 표현한 것이든 창밖에는 미끄러지고 뒹구는 존재들이 있습니다. 이들은 시간의 놀이터에서 한 세상 잘 놀고 있습니다. 소나기와 우박 사이에 있다는 시간의 놀이터란 무엇일까요? 놀이터는 보통 그네가 있고 미끄럼틀이 있고 시소가 있는 장소적이고 공간적인 뜻을 나타내지만, 시간의 놀이터는 우리가 사는 인생 동안 시간이 우리에게 허용한 놀 수 있는 기간도 같이 의미하는 것 같습니다. 그래서 우리가 살아가고 있는 시공간으로서의 이 세상을 말하는 것 같습니다. 우리가 존재하는 이 시공간이 시간의 놀이터라니, 기발한 표현입니다. 시간과 공간을 동시에 표현하는 시간의 놀이터는 우리의 인생입니다. 이 놀이터의 주인은 당연히 시간이고 이 시간은 창조주와 같은 존재입니다. 이 시간이 '그만 놀아라'라고 하면 거기서 놀던 시간(인생)들은 그만 놀아야 합니다.

3연: 이윽고 주문한 음식과 술이 나왔습니다. 나라는 시간이 주인공이 되고 나의 시간이 즐길 순서가 온 것입니다. 시간이 미각을 초대하여 입 속에 향락의 잔치를 벌일 때는 시인의 인생에서 황금기입니다. 어떤 시인은 서른 잔치는 끝났다고 말했지만, 이 잔치의 때는 봄날의 정원처럼 한창 풋풋한 젊음이 아름다웠던 시인의 20대 때일 수도 있고 농익은 술처럼 그의 경험과 지식이 최고조에 달해서 만인의 인정을 받았을지도 모르는 그의 40대 때일 수도 있습니다.

하여간에 시인은 지금 그의 인생의 황금기를 지나고 있고 그가 지니고 있는 미각을 총동원하여 입 속에 향락의 잔치를 벌이고 있습니다. 하다못해 지나가는 길거리의 거지에게도 누군가에게 들려주고 싶은 깨알 같은 인생이 있고 소설로 쓰면 박경리 작가의 토지보다 더 많은 분량의 책도 될 수 있는 것이 이 세상의 모든 인생들입니다. 술집의 사람들이 향락의 잔치를 벌이고 있을 때, 그래서 미처 술집 밖의 풍경엔 관심이 없을 때 시인은 길거리를 봅니다. 거기엔 시간이 버린 그림자가 하나 있습니다. 시간이 버린 그림자는 얼마나 비참할까요? 그림자만 보았으니 그림자의 실체는 보지 못한 것이 분명합니다. 그러나 시인은 그림자가 슬프거나 비참하다고 말하지 않습니다. 이 그림자는 자기 나름대로 길거리의 향락을 즐깁니다. 비 오고 우박 떨어지는 척박한 낮에 한산할 것이 뻔한 길거리에서 즐길 수 있는 길거리의 향락이란 무엇일까요? 그것은 지금 시인의 입 속에서 벌어지는 미각이 느끼는 향락과 얼마나 차이가 있을까요? 김훈 작가는 지하철 계단에 푸그리고 앉아서 자장면을 먹는 걸인의 동작과 고급 레스토랑에서 에이프런을 두르고 거위 간을 먹는 귀부인의 동작은 같다고 말했는데 시장이 반찬이라는 우리 속담이 맞다면 먹는 동작은 같지만 배고픈 걸인이 먹는 자장면이 거위의 간보다 훨씬 맛있게 느껴질지 모릅니다. 시간이 버린 그림자도 술집 안의 사람들이 벌이는 미각의 잔치만큼이나 맛있고 아름다운 자기 나름의 향락을 즐기고 있을 것입니다. 모든 인생에게는 자기만의 향락의 잔치 시간이 있다고 저는 믿습니다.

4연: 드디어, 향락이 안팎에서 끝이 났습니다. 시간의 향락이 끝났다는 것은 개인의 종말을 말하는 것일까요? 아마 그런 것 같습니다. 그러나 역사는 멈추지 않습니다. 누군가는 시간의 향락을 즐기며 시간을 죽이기 위해 눈을 비비며 다시 술집에 들어오고 누군가는 시간에 죽임을 당해 눈을 감으며 이 세상과 작별을 고합니다.

5연: 시인 천상병은 인생을 소풍에 비유했습니다. 소풍이 한바탕의 놀이라면 조 시인과 천상병은 같은 시각으로 인생을 바라보고 있습니다. 조 시인은 묻습니다. 마음이 흐뭇하도록 흡족하게 놀았는가? 뭘 하고 놀았는가? 저는 문득 한 가지 의문이 듭니다. 뭘 하고 놀아야 원 없이 다 놀았다고 말할 수 있을까? 시간은 답을 주지 않습니다. 영원이 답을 주지 않을 것입니다. 우리는 답을 모르고 있고 영원히 그 답을 알지 못할 것입니다. 얄밉게도 여전히 거기에는 향락이 웃고 있습니다. 무심히 웃고 있습니다. 사람들은 다 비를 피하면서 술집에 들어갈 것이고 소나기와 우박이 미끄러지고 뒹구는 것을 볼 것입니다.

시란 '아버지가방에들어가신다'처럼 띄어쓰기 없이 써진 문장 같아서 읽는 이에 따라 여러 가지 해석이 가능하다고 생각합니다. 같은 사람이 읽어도 기분에 따라서 다르게 읽히기도 하고 젊을 때 읽는 것과 나이 먹어서 읽는 것이 다른 의미를 주기도 하고요. 특히 '아버지 가방에 들어가신다'라고 읽고 이것이, 정치인들이 자기 잘못 발뺌하기 위해 잘 써먹는, 주어가 생략된 문장이라고 해석을 하게 되면 읽는 이의 상상력만큼이나 다양한 주어를 대입할 수가 있어서 그 해석은 무궁무진해지는데 이 세상의 모든 것들이 아버지의 가방에 들어갈 수 있게 됩니다. 그래서 시는 매력이 있습니다.

• 박동남 : 참 잘 빚으셨네요. 잘 보았습니다

폐가 廢歌

거미줄에
할머니의 고무신이
걸려 있어
할머니의 죽은 시간

영혼의 부스러기가
댓돌에 흰 눈처럼 쌓여 있어
영혼이 없는 집은
풀이 더 사랑하나 봐
새가 더 사랑하나 봐
안방에 풀들과 새들이
사랑한 흔적이 있네

몸이 빠져나간
빈 바지 같은 집
빈 고무신 같은 집
거미줄에
괴테를 적은 노트와
고흐의 귀를 그린
연필이 걸려 있어

어떤 젊음의 시간 파편이
몸부림치며 걸려 있고
강의실의 부서진
의자 사이로
풀과 쥐가 같이
머리를 맞댄 흔적이 있네

거미줄이
내 목구멍을 흔들어
빈집을 노래하게 해
빈 내 몸을 노래하게 해
폐가 廢歌
어떤 젊음의 시간 파편

• 성창경 시인 & 문학평론가 : 조양제 시인이 말하는 영혼이 없는 집은 무엇일까?
  자아가 상실되고 정체성이 없는 상태를 폐가라는 메타포로 표현한 시인의 시는
  보이는 현상에 대하여 말하고 있지만 보이지 않는 영혼에 대한 시다.
  목적을 잃어버린 영혼 상실의 시대를 살아가는 사람들에 대한 시요.
  자신에 대한 성찰의 시다.

2부

–

우리들의
사랑에 대해

사람 때문에

사람 얼굴에도 굳은살이 생기는 걸 처음 알았다

욕을 많이 들어 먹어서 단단해지고

자기 표정을 어떻게 할지 몰라 단단해지고

어디서 억울하게 쥐어 터져서 단단해지고

상처를 주는 사람을 자주 만나서 단단해지고

그 단단해진 얼굴을 보고 사람들은 속도 모르고

얼굴에 철판을 깔았냐고 내리깔았다

속은 단단해지지 않아서 양생이 덜 된 시멘트처럼

부스스 허물어지고 눈물을 다시 부어 단단하게 하려 해도

나는 왜 잘 안 되지 하며 엄한 돼지만 입에 처넣는다

사람이 미웠고 사람이 고팠고 사람에 다쳤더니

겉은 방어막을 치며 더욱 견고한 성이 되었고

내 속에는 사람이 들어설 자리가 없어서

꽃과 동물들만 북적대는 이상한 천국

어디 꿰메기 힘든 내 속을 검은 비닐봉지에 담아

수선집으로 가다 하늘을 올려다보니

눈물과 빗물이 입장을 바꾸려 한다

어디 입장할 곳도 없는 내 입장은 뭐가 되는가

백주에 어디로 갈지 몰라 밝음 속에 몸을 숨기는

저 별이 나를 위로하는 내 모습이어서 슬프다

- 최상근 : 그러나 또한 사람 때문에 위로받고 희망을 얻고,
  밝음 속에서도 별을 찾아내리라 믿어 봅니다...
- 남후양 : 하아~ 아재 개그가 애달픔과 서글픔에 콜라보가 되는군요. 한 경지를 봅니다.
- 박광호 : 그나마 아직 철판이 안되어서 다행입니다.
- Jae Ho Jeon : '눈물과 빗물이 입장을 바꾸려 합니다'란 구절에 숨이 멎을
  뻔했습니다. 절창입니다... 세상에서 제일 강한게 머리(돌)를 뚫고 나오는
  머리카락이고 그보다 더 강한 최강은 얼굴(철판)을 뚫고 나오는 수염이라는
  우스갯소리가 생각 납니다. ㅋㅋ

나의 형제들이여

하늘이 맺어준
나의 형제들을 소개하노니
나, 이들과 함께 태어나
이들과 함께 뒹굴며 자라고
내 마음에 태양이 비출 때나
내 마음에 비가 내릴 때도
나, 이들과 함께 기뻐하고 슬퍼했노라

늘 나의 하루와 함께 했던
내 머리 위의 하늘, 구름, 해, 달, 별
내 발밑의 꽃, 풀, 바위, 흙, 물
내 옆의 개, 닭, 토끼, 새, 물고기
태초에 세상을 만들 때부터
이들이 나의 형제였고
나의 삶 아니었던가

나, 어디를 가든 이들이 있어
행복했노라고
나의 시, 나의 노래, 나의 그림에는
언제나 이들이 주인공이었음을
단순한 형제 그 이상이었음을
내 삶과 함께한 나의 형제들이여

새벽 여명과 저녁노을 사이에서
당신들과 가장 아름다운 날을 보냈고
당신들의 노래를 들으며
한 생을 참 아름답게 살았다오

오, 내 삶의 모든 것이었던
오, 아름다운 나의 형제들이여

• 박성환 : 어찌 하루에 한 편의 시를 만드실 수가 있는지요?
　　　　　대단하십니다! Respect^^
• 남후양 : 참 미치고 환장하고 폴짝 뛸 노릇 아니겠습니까.

60

사람이 외로울 때는

사람이 외로울 때는
자기 발자국에
말을 건다고 한다
앞으로 걷다가
다시 뒤로 걸으며
자기가 남긴 발자국과
한 몸이 되고자 한다

사람이 외로울 때는
자기 그림자에
말을 건다고 한다
자꾸 자기 뒤에만 있다고
일부러 빛을 등지고
그림자를 앞에 세워
말을 건다고 한다

사람이 외로울 때는
자기 전화기에
음성메시지를 남긴다고 한다
자기에게 하는
자기 목소리를 들으며
사람들에게서 떨어져 나온
자기를 위로한다고 한다

사람이 외로울 때는
아무도 자기 외로움을 모르기에
더 치를 떨며
나무와 꽃들에
자기 영혼을 걸어 놓고
숨죽여 운다고 한다

- 이기철 ; 저는 벽 보고 이야기합니다.
- 김준현 : 저는 뉴스 틀어놓고 아나운서와 얘기해요.
- 피나 세라 : 저는 혼자 놀기를 하지요.
- 최상근 : 자기 발자국이나 그림자와 짝하는 것은
　　　　　시인이 아니라면 도달할 수 없는 경지일 터입니다.
- 하일 : 사무치는 시네요.
- 이효경 : 정말 외로워 보이네요.
- Jae Ho Jeon : 양제쌤 외롭다는 건 좋은 거 같습니다. 해롭다의 반대말이란 생각이
　　　　　퍼뜩 드네요. 자신에 해를 끼치는 게 아니라 바깥(외)에 서서 은혜로울 수 있는
　　　　　그런 단어가 외롭다가 아닐까 하는 엉뚱한 생각을 해봅니다.^^

고물상에 내 심장이 놓여 있다

재활용으로 펄떡일지 그대로 폐기될지
운명은 심장의 주인이 갖고 있지 않다

주인이었을 때 좀 잘하지
가슴에 손을 얹을 때
네가 없는 허전함이
결국 양심 없는 놈을 만들었다

어떤 놈이 내 심장을 예약했다
일주일만 빌려 쓴다고 한다
양심이 없는 놈이 내 심장을 쓴다고 한다

내 심장은 더 이상 맑은 피가 아닌
붉은 녹을 내 보낸다
내 마음에 녹이 슬었다는 증거다
그래서 고물상에 있다

무식의 폭력 앞에
쪼그라들대로 쪼그라들었던
그 가련한 녀석이
혼자 있을 때 기를 펴려니
녹이 슬어서 쉽지 않다

내 심장이 되어
내 영혼을 뛰게 했는데
너에게 해준 게 별로 없다
네가 고물이 아니라
내가 고물인데
자리가 잘못되었다

심장은 부르짖고
영혼은 울부짖는다
썩은 동아줄로 녹슨 것을 매달면
누군가 외상 장부에 잠시 빌려
간다고 써놓을 것이다
잘 쓰고 돌려주기 바란다
아직 내 심장은 나를 잊지 않고
나를 길들였던 박동은
내 살과 뼈에 울림으로 남아 있다

• 박광호 : 한 획 한 획이 가슴을 후벼팝니다

64

아름다운 것들이 주인이다

내 마음의 왼쪽이 시킨 일을
오른쪽이 받아 적습니다.
세상이 그걸 받아 젖습니다.

왼쪽의 마음을
오른쪽의 이성이
눈치 못 챌 때가 있습니다

저렇게 예쁜 것들을
어떻게 그냥 흘려보내는지

자기가
아름다운지 모르고
아름다운 것들이
자기들이
더러운지 모르고
더러운 것들을
폭설처럼 덮습니다

잠시만이라도

오른쪽의 계산에 놀아나지 않고

아름다운 것들이

주인이 된 세상에서

철부지처럼 놀아도

좋을 것 같습니다

꽃 한 송이에 멍했던

왼쪽의 시민들은

늘 아름다운 것들이

주인이 된 세상에 살고 있습니다

• Hyeon Joong Lee : 함빡 젖어가 제 자리에 서있을 뿐이라예.
              (길을 걷다가..어디로 갈지 잊어버리고.. ..)
• 문인수 : 정말 아름답습니다.
• 아톰 : 세상은 이처럼 아름답습니다.

그게 사랑이었네

찬바람을 맞으며
2시간을 기다렸는데
그녀가 나타나자
찬 기억이 사라진다
그게... 사랑이었네

내가 먹고 싶은 것만
늘 생각했는네
이제는 그녀가
무얼 좋아할지만 생각한다
그게... 사랑이었네

잔소리 듣는 게
그렇게 싫었던 내가
그녀의 싫은 소리에
허허 웃고 만다
그게... 사랑이었네

내가 아픈 건
어찌어찌 참을 수 있는데
그녀가 아픈 건
참기 힘들다
그게... 사랑이었네

같이 있을 때는

그냥 평범한 하루였는데

혼자 있고 보니

그 순간들이 너무 특별하다

그게... 사랑이었구나

- 김준현 : 형님 전 요즘 그게 잔소리였네~~ ㅋㅋ
- 박성환 : 결혼 전에는 헤어져 돌아오는 길이 그리도 길더니
  결혼해 함께 사니 집에 가는 길이 이리도 짧은가?
  그게 ...... 사랑이었나?
- 배성혜 : 작가님 유독 오늘 글과 그림이 너무 와닿네요. 아름다워요^^
- 김미란 : 네가 먹고 싶은 것만 늘 생각했는데. 이제는 내가 무얼 좋아할지만 생각한다
  ... 사랑이 식었......ㅎㅎ
- 변순원 : 내가 아파보니 차라리 내가 아픈 것이 다행이라고 생각한 것~~~
  그게 사랑이겠지~?!!!♡
- 정관성 : 자꾸 귀찮다며 피하고 있네...
  그게 사랑이었네^^

전화했었냐

아침에 한번
전화했었냐
아뇨

점심에 또 한번
전화했었냐
아뇨

자꾸 전화기만 보는
자꾸 아들 목소리만
기다리는

엄마 미안해
전화 자주할게

• 박광호 : 오늘 어머니에게 전화드려야겠습니다.
• 조근호 : 아들도 먹고살기 바빠요~^^
• Eunhee Kim : 전화 하고 싶어도 전화할 엄마가 사라질 날이 머잖아 올 거에요.
• Joseph Yi : 우리 모두 어머니에겐 그렇네요. 저두 전화 자주 띄워야지.

이제 그만 나가 주시지

아버지를 미워하다 아버지처럼 되고
형을 미워하다 형처럼 되고
이웃 또라이를 미워하다가 또라이가 되고
괴물을 미워하다가 내가 괴물이 된다

꽃을 좋아하면 꽃향기가 나지만
똥을 만지면 똥 냄새가 나는 법

강물에 똥이 흘러가는 걸 왜 만지려 하는가
싫은 사람 미운 사람 왜 흘려보내지 못하는가

너무 오래 미워하면 정이 들고 닮아가는 법
미운 사람처럼 되기 싫으면 떠나보내야 하는 법

원수를 사랑하라는 건 진짜 그러라는 게 아니고
자꾸 원수만 생각하며 이를 가는 자신을
저유롭게 놓아주라는 것 아니겠는가

좋은 것들과 좋은 달빛에서
술 한잔 나누기도 이번 생은 늘 부족하다

내 몸에서 살을 빼기 전에
내 맘에서 미움을 빼야지
미움을 가득 채우고 돌아다니니
몸과 마음이 무겁고 지친다

이제 그만
내려놓을 건 내려놓으련다
이제 그만
내 좁은 마음에서 그만 우글거리고
나가 주었으면 좋겠다

• 정재영 : 치유가 되는 글입니다.
• 유영태 : 내게서 빼야할 것은 몸의 살이 아니라, 마음에 미움,
         맞습니다. 맞고요. 확 와닿는구만요. ^^
• 최대남 : 저도 빼야겠습니다.
• 박현주 : 가끔 들리는 팬입니다. ㅋ 가슴으로 전해지는 글들을
         손가락 하나로 읽기가 어떨 땐 미안하군요.~ㅎㅎ

누군가 나를 위해

너무 많이 지쳤어요
기도할 힘도 없어요
내 눈물은 이미 내 통제를 벗어났지요
그냥 흘러요
비처럼 흘러요
내 뒤에
내 앞에
내 위에
누가 있는지
보이지도 않아요

소리가 보여요
빛이 들려요
내가 아는 누군가
나도 모르는 누군가
내가 내려놓은 기도를 해요
나를 위해 기도를 해요
내 뒤에서
내 앞에서
내 위에서
누가 이렇게 기도를
간절하게 할까요

내가 나를 파괴하려 할 때
내가 나를 외로움 속으로 넣을 때
내가 나를 무너뜨릴 때
누군가 나를 살리려 해요
누군가 나를 위해 기도해요

사람을 닮은 하늘이
하늘을 닮은 사람이
하늘을 닮은 하늘이
너무나도 약한 나를 위해 기도해요

• 박광호 : 내일 수술하시는 페친 김주대 시인님의 어머니와 모레 수술하시는
　　　　 장모님을 위해 기도 드리는 중입니다.
　　　　 이 시가 마음에 들어옵니다. 정독하였습니다. 감사합니다.
• Jae Ho Jeon : 노랫말로 해도 훌륭하겠습니다.

간절

내 간절한 사랑을
전해 줄 편지
그걸 전해줄 우체부가
사고가 났다

만나자고 했고
그곳에서
3시간을 넘게 기다렸다

가지 않은 내 편지는
우체부의 피와
바닥을 뒹굴었다

내 사랑은
거기서 끝이 났고
우체부의
더 간절한 목숨이
하늘로 손을 뻗는다

내 사랑은 갔고
어떤 목숨도
갔다

간절함이 다 가면
무엇이 남을까

아픔보다
슬픔이
더 아프다

간절했기에
더 아프다

그런 일이 일어난 지도
모른 나는
그 누구를 원망했고
그 누구도... 원망하지 못했다

• 이원 : 애절하군요. 갑자기 손을 베인 듯한 느낌, 쉽게 아물지는 않을 듯 합니다.
• 지희선 : 저는 아직도 우체국에 갈 때마다 콜렉션용 새 우표를 사 둔답니다.
          언젠가는 그 언젠가는, 예쁜 우표 붙여 쓴 내 육필 편지를 받아 주고,
          또 예쁜 조국의 우표를 붙인 육필 편지를 보내줄 사람이 있을까 봐.
          이 '간절함'을 벌써 40년째 이어 오고 있어요. ㅎ

눈물의 발원지

어디서 시작되는지
어디서 터져 나오는지
알려주실 수 없나요

독하게 마음먹고 살다 가도
어느 한순간에 툭 터집니다
나이 때문이라고도 하지요
그런데 아니에요
예전에도 그랬어요

꽃이 시들어가는데 왜 울죠
달하고 소나무가 놀 때도 울어요
어느 가장의 긴 그림자
리어카를 끌고 가는 할머니
계단에 누워 맥없이 자는 아저씨
다리 한쪽을 잃은 강아지를 보고도 울어요

연민의 감정은
하느님이 들어온 순간이라죠
저에게는 안 오셨을 거예요.
그럴 리가 없어요
연민은 아니었던 것 같아요
그냥 제가 약해서 우는 것이라 생각해요

웃다가도 갑자기 울지요
어디서 불쑥 나오는지
언제 불쑥 터지는지
도무지 알 수가 없어요

아닌 척하며 사는 사람
괜찮은 척하며 사는 사람
그런 사람을 보면
더 터져 나와요
저거 분명 안에서 꾹꾹 눌러
언제가 내 눈물처럼
곪아 터질 텐데

많이 참는 사람
억지로 웃는 사람
그런 사람을 보면
더 터져 나와요
저 사람 속은 분명 많이 아플 텐데
아파서 숟가락 들 힘도 없을 텐데

화산도 아닌데
언제 터질지 모르는 그 눈물
당신은 당신의 눈물이
어디서 터져 나오는지 잘 아시나요

저는 잘 모르겠어요. 근데
바들바들 떠는 어느 진심 앞에
웅크리고 있는 어느 진심 앞에
자주 터져 나왔다는 것
나는 진심 앞에 약했다는 것은
조금 알 거 같네요

- 박광호 : 시를 읽어 내려가는 중에 눈시울이 붉어집니다.
- 최소영 : 와, 제 얘기를 쓰신 듯. '세상에 이런 일이'에 나가라는 말도 듣고
          병원에 가 보라는 말도 듣고 툭툭이 때문에 힘들;;;
- 장숙귀 : 제가 그래요.. 아마 어머니 보내고 더 그런 것 같아요.
          늘 엄마 앞에선 아이였거든요.. 지금도 코 찡긋..
- Eunhee Kim : 마음이 따뜻하고 공감 능력이 커서 그래요~
          눈물 없는 사람 싫어요.
- 김정형 : 눈물 나도록 아름답고 가슴 찡한 글과 그림..
          제가 좀 퍼가도 될런지요..

갠지스강 화장터에서 떨어져 나온 웃음

.

.

.

첫째 아들이 불을 태웁니다
아버지의 시신을 태웁니다
첫째나 막내가 태워야
윤회의 사슬을 끊는다고 하지요
불의 신 아그니 불씨로 태워야
윤회가 끊어진다네요

시신 주변을 5번 돕니다
흙 물 불 공기 공간
그의 삶의 흔적을 돕니다
3시간을 태웁니다
몇천 명이 갠지스강 화장터에서
그렇게 인생을 태웁니다

이번 생은 여기까지
이번 인연은 여기까지
윤회가 길어지는 것도 고통이죠
유골은 갠지스강에 뿌립니다
몇천 년을 흐른 이 강에
백 년도 안 된 흔적을 뿌립니다

강은 더럽습니다
인생도 더럽습니다
그 더러운 것을 태운 재들
천년의 강이 품고 흘러갑니다

다 태우고
다 흘려보내고
돌아서서 웃음이 나오는 건
도리를 다했기 때문일까요
인연의 무게를 벗어던졌기 때문일까요

이들은 염원합니다
살아서도
죽어서도
갠지스강에 안기기를
강에서 태어나
강으로 돌아가는 사람들

• 남후양 : 갠지스가 내뱉는 침을 수천 년 받아 온 인도양은 말이 없어
           사람에게 윤회가 있다면 바다엔 해류가 있어
           떠났던 물 적도를 돌고 돌아 다시 돌아온 곳 갠지스 하구
           켜켜이 쌓인 퇴적을 온몸으로 쓸며 깨끗이 씻네
• 박성환 : 금강반야바라밀경 제십일 **無爲福勝分**
           저 항하(갠지즈강)의 모래 수만큼 그렇게 많은 항가가 있다면
           네 생각은 어떠냐?
           수보리 여항하중소유사수 여시사등항하 어의운하 시제항하사 영의다부.
           대단한 항하입니다!

80

고려장

이 여관은 이상한 여관이죠
억울한 사람들만 와요
버림받은 사람들만 와요
여기 오기 싫다고 버티고 버려도
그냥 툭 던져 놓고 가지요

지들 아플 때는
새벽에도 들쳐 업고 달렸는데
내가 아파서 쓸모 없어지니
새벽에 들쳐 업고 여기에
툭 던져 놓고 가요

옛날에는 저 깊은 산으로 갔다지요
나무들이 질끈 눈을 감았지요
잡초들이 발을 걸어 못 가게 했지요
지게에 실려 갔던 그 몹쓸 시간들

이제는 여기저기서
차에 싣고 시설 좋은
이 여관으로 달려요
버러지 같은 자식들이
버러지가 된 부모를 싣고 달려요

지옥으로 가든

천당으로 가든

여기가 살아생전의 연옥 정류장

성호경을 그을 힘도 없는 버려지가

잘못 키웠다고

잘못 살았다고

용서해 달라며 우네요

- 이양순 : 내가 선택하여 내 발로 갈 수 있는 호텔로 가야지요
- Eunhee Kim : 현대판 고려장, 자식들도 생계를 위해 일을 해야 하니
  어쩔 수 없는 경우도
  있겠지만 쓸쓸히 생을 마감하는 종착역이 쓸쓸하지요.
  고령화 시대에 체계적인 노인복지 시스템이 필요합니다.
- 유영호 : 아...이 시를 읽으니 20년 전 돌아가신 아버님이 생각납니다..
  치매가 와서 어머님과 가족들이 힘들어 하기에
  겨울을 나는 동안이라도 요양병원에 모시자 해서
  요양병원에 모셨는데 15일 만에 골반 골절을 당하시고 인공 골반 수술까지
  받으셨지만 결국 일어서지 못하고 돌아가셨지요.
  그때 가족들이 힘들더라도 그냥 집에서 모셨으면 더 오래 사셨을 텐데...
  늘 아버지를 생각하면 그때의 요양병원에 모시자던 내 생각이 후회가 됩니다.
- 조성현 : 의술과 약물의 개발, 충분한 영양분 공급으로 인간들은 백세 시대를
  구가하지만, 조물주는 백세라는 재앙을 인간에게 내려주었습니다.
  의술과 약물의 발전이 진정으로 인류를 위한 것일까요? 아닐 겁니다.
  모든 과학기술의 발달도 마찬가지입니다.
  조물주와 어깨를 견주려는 인간의 욕망 즉 바벨탑을 현세의 인간들은
  끊임없이 세우고 있고, 조물주는 그 바벨탑에 저주를 내리고 있습니다.
  혼자 거동하고 생활하지 못하는 백세들...
  사실, 주변에서 보면 90세 이상 노인 중 상당수는 인간으로서
  존엄성을 갖지 못하고 생물학적인 생명만 유지하고 있습니다.
  본인도 주변인도 고통 속에 살고 있지요.

백세 노인을 모시는 자식들도 노인입니다.

그 자식들도 길게 남지 않은 시간을 자신을 위해 살아야 하지만

그렇지 못한 게 현실입니다.

또한 자식인 노인도 여기저기 아픈 곳이 많습니다.

노인인 자식들이 노인인 부모를 한집안에 모시지 못한다 하여

죄인 취급할 수는 없습니다.

인간은 바벨탑을 계속 쌓을 것입니다. 조물주가 그렇게 만들었습니다.

그런 조물주는 인간이 괘씸하여 바벨탑을 무너뜨리며 재앙을 내립니다...

노인을 요양원에 모시는 자식, 노인인 자식에게 화살을 겨눌 수는 없습니다.

• 김준현 : 우리 아버지... 아빠 엄마 병원 치료할 때 까지만 여기 계세요.

곧 모시러 올게요. 그때 같이 집에 가요...

결국 못 오시고 몇 개월 만에 돌아가셨죠. ㅠ.ㅠ

죽을 때까지 죄송한 마음 가지고 살거에요.

• 유영태 : "오늘 엄마 가시게 될 요양원 보고 왔어. 마음이 복잡해.

뭐가 옳은 건지도 모르겠고 그냥 슬퍼... "

어머니를 요양원에 모시게 된 친구에게서 어제 받은 톡입니다.

안타깝고 마음이 아픕니다.

• 심창호 : 현실과의 타협도 참 어려워요. 저 또한 어머니 장기 요양 인정이 되어

가족회의 결과 알아보는 중입니다.

필요악일 순 있으나? 선생님의 시 가족과 공유해 보렵니다.

여여한 일상이시길 바랍니다.

• 박성환 : 구순이신 어머니와 태어나서부터 계속 한집에 살고 있지만,

저 살기 바빠 아침 저녁 얼굴 보고, 안부 묻고,

가끔 끼니를 함께 하지만 마음 속에 늘상이 아니라 크게 다를 바 없네요.

83

친구

시간에 주름을 만들어
목에 두르고 왔네

내가 모르던 시간을
눈물에 찍어 건넨다

암의 터널을 지나오고
10대 가장의
가시밭길도 긁혀 왔네

짜글짜글
그 시간을 끓여
잃어버린 웃음을 만든다

너도 참 많이 늙었다

팽팽함은 아이들에게 넘기고
다음 세상으로 가는 길을
같이 접는다

같이 놀고 컸던
이젠 소나무 껍질이 된
삶의 굳은 살로 접는다

나 먼저 갈 때
너희들이라도 울어주기를

살면서 부랄들
많이 잃어버리고
이제 쭈글짜글
너희만 내 앞에 접혀 있다

같이 갈 수는 없지만
배웅은 해 줄게
가기 전에는
손이라도 자주 잡아보자
헤어져도
만날 내일을 다시 들이민
어제의 시간들이 왔네

• 박향숙 : 아니 벌써 뒷설겆이 할 때가 다가오네요
• 아리미 : 오늘도 심금을 울리시네요 ㅠ
• 박승호 : 보고 싶다 친구야^^

이 써글놈의 자슥들아

자식 다 키우느라
자신 주머니
빈털터리 되는지 몰랐네

돌아올 거 생각 안 하고
다 쏟아부었는데
진짜 안 돌아오니 섭섭하네

나이 먹고 돈 없으면
자신도 없어지고
우울해지고
재미도 없고
죽고 싶어져

그런데 잘 죽지도 않네
죽을 거 같으면 살려 놓거든
살려 놓고 생고생하며 똥오줌 받아
그래 살면 뭐하노
이 썩어 문드러지는 세상아

여름에 냉면을 먹고 싶은데
큰아들이 사줄래나

작은아들이 사줄래나

딸내미가 사줄래나

그런데 단 한 놈도 안 사줘

나는 평생 나를 위해

돈을 써보지 못해서

나 혼자 냉면 못 사 먹는다

이 써글놈들아

돈이 없으니 친구도 못 만나

친구가 없으니 수다도 못 떨어

너무 답답해서 꽃 보고 이야기하니

동네 사람들이 미쳤다고 하네

내 속은 모르고 이 써글 것들아

• 이양순 : 냉면 한 그릇 까짓거 뭐라고... 냉면 한 그릇이 아니겠지요.
• 조근호 : 돈 아껴 봤자 다 자식들이 써요^^ 강 혼자라도 사 드셔요♡
• 오명자 : 요즘 자식들은 지들만 아는 놈들이여. 슬픈 현실이여.
• 박향숙 : 써글놈의 세상
• 최예숙 : 내가 써야 내 돈입니다. 남겨둔 것은 내 돈 아닙니다.
        그 심정 열 번 백번 알고도 남지요.
• 이상하 : 부모님 기저귀 갈아 드릴 때가 소중한 시간이었지요.
        이제 두 분도 떠나시고 남겨진 가족들 지켜주는 게
        남은 소명이고 사명이라 봅니다.
• 이남섭 : 부모님들은 저렇게 사셨지만 우리는 단디 제 단도리 해야합니다.
• Joseph Yi : 부모는 계속 퍼주는 기계인듯 알았는데
        조금만 기다려보셈. 보답할 겁니다.
• 최종철 : 썩을 것들아.
• 성창경 : 이건 뭐 내가 하고 싶은 내 형편을 말해 놓은 것 같은 느낌. 공감
• 아리미 : 아 ㅠ 울엄니~~~ 엄니 죄송허유~~~

너는 왜 안 오고

엄마는 아픈데
엄마는 외로운데
자식은 자동이체만 한다
얼굴이 보고 싶은데
자꾸 돈만 보낸다
엄마는 너희 얼굴
못 보고 갈까봐 두려운데

바쁜데 내려오지 말라고 했지만
금방 후회하고
아프니까 한 번만 내려오라 말 못 해서
또 금방 후회한다

- 아리미 : 좋은 시 고맙습니다.
- 박향숙 : 마음이 찢어지네요~ㅠ
- 최소영 : 부모의 마음이란...ㅜ
- 어윤홍 : 돌아가신 엄마 생각이 나네요. 좋은 시 항상 고맙습니다.

엄마 생각

자식새끼가
엄마 생각하면서
단 한 번도 운 적이 없다면
그게 자식새끼가

자식 생각하며
우는 엄마 모습을 보고
울컥하지 않은 사람이
또 어디 있겠노

사람은 말이데
엄마~~~하고 외치면
없던 눈물도 솟구친데이

자식이 엄마 생각하는 마음
엄마가 자식 생각하는 마음
그건 바꿀 수 없는 기라
그건 변하지 않는 기라

우짜겠노
핏줄은 진하고
핏줄은 짜다 안카나

진하고 짠 것이

세상을 움직이는 기라

• 남후양 : 이 시를 한 낱말로 함축하면 "탱김" (탱김 :탱기다가 원형입니다.
　　　　 혈연 간의 선험적, 본능적으로 끌리는 애틋한 감정 상태를 이르는 말)
• 김홍림 : 맞심더. 그기 천류이(천륜)시더. 어무이.
• 전경윤 : 엄마라는 단어를 가장 좋아한다.
　　　　 엄마의 자궁에서 나와서 다시 돌아갈 것이다.
　　　　 마누라도 엄마와 닮은 여자를 선택한다. 내 딸도 엄마와 비슷하다.
　　　　 난 엄마의 그림자 속에서 산다.
• 최대남 : 엄마,어머니~~~
• 한명희 : 즉흥시 멋집니다. 어머니~~♡
• 최예숙 : 세상에서 가장 아름다운 단어 엄마 마더라지요.
　　　　 어머니 말만 들어도 눈꺼풀 안에서 눈물샘이 샘물처럼 솟지요.

그분이 오십니다

어떤 사람을 보면
애틋하고
애잔하고
안쓰러운 느낌이 차오릅니다
그분이 오신 겁니다

어떤 날에는
내 마음속에
바람 한 점 불지 않고
그지없이 평화롭습니다
그분이 오신 겁니다

사람을 더 사랑하게
되는 날이 있습니다
나의 시간을 더 사랑하게
되는 날이 있습니다
그분이 오신 겁니다

그분을 만나고 싶다면
그런 애틋함
그런 평화로움
그런 사랑을 자주 가지면 되겠지요

그분을 닮은 모습으로
나를 만들었으니
그분이 보시기에
좋은 순간을 자주 만들면
그분과 늘 함께하는 것이겠지요

• Sungyoon Park : 감동이 밀려옵니다~~
• 박향숙 : 그분은 어디에나 계신 분이지요.
• 박진석 : 어려움에 달려오시는~

오늘도 문 밖을 내다봅니다

66세 남편이 갑자기 사라졌어요

마치 공중 부양된 것처럼
해는 뜨고 지는데
세상은 이렇게 멀쩡한데
도대체 당신은 어디 있나요?
세상이 멀쩡한 게
나를 더 비참하게 해요

어디서 밥도 못 먹고
어디서 물도 못 먹고
어디서 험한 일 당하고 있는 건 아닌지
나쁜 상상 때문에
하염없이 기다리는 사람의 하루가
더 지옥이지요
차라리 내가 죽는 게 더 나은
지옥이지요

자전거 수리하러 나갔다가
사라진 남편
그냥 손만 흔들고
사라진 남편
도대체 어디 있나요?

휴대폰 실종 문자를
그냥 흘려 보냈지요
그냥 남의 아픔이었지요

그런데
기다리던 사람의 눈물을 본 순간
그 아픔이 그냥 내 아픔이 되네요
이런 아픔이 숨어 있을 줄이야

그리움 중에
이런 그리움은 고통이겠지요
뼛속까지 사무치는 이 그리움이
죽음보다 더한 고통이겠지요

죽었는지 살았는지
치매의 증발이
죽음보다 더한
그리움에 살게 합니다.

그들의 간절함 때문에
그들의 극심한
그리움의 고통 때문에
치매 실종 문자를
다시 들여다봅니다

- 최예숙 : 어쩌지요. 아파요. 가슴 머리 그리고 눈도 귀도 눈물 흘려요.
- 심인자 : 일어나서는 안 될 실종.
  마음은 저당 잡히고 발길은 하염없이 가고, 안타까운 시입니다.

기다리면 됩니다

해를 참지 마세요
조금 있으면 갑니다
아니 해를 기다릴 수도 있습니다

어둠을 참지 마세요
조금 지나면 걷힙니다
아니 어둠의 고요가 그리울 수도 있습니다

해 뒤에 달이 오는 걸 알고
소나기는 곧 그칠 걸 압니다
지금 아프지만 곧 지나갑니다

참을 필요 없습니다
그냥 기다리면 됩니다
곧 갑니다
아픔도 갑니다
슬픔도 갑니다
그냥 잘 가는 걸
기다리면 됩니다

내가 급하면 안 갑니다
어차피 갈 놈
기다리면 되는데

왜 안 가냐고 보채면
더 안 갑니다

다 아프죠
그런데
통증은 곧 지나갑니다
기다리면 갑니다

감기는 약 없이 일주일
약 먹고 일주일
일주일만 기다리면 갑니다

그들이 가고 나서
그들을 그리워할까
그게 더 걱정입니다

• 김수호 : 시인님, 공유. 하고 좀 퍼 가겠습니다.
　　　　　고맙습니다~~~^^
• 정은애 : 기다림의 미학
　　　　　이 계절도 가고 가을이 오고 또 겨울도 오겠지요...

3부

–

자연의 이야기가
들리던 어느 날

별의 눈물

내가 빛을 낸다고
내 속에 어둠이 없겠는가
내가 밝게 서 있다고
내 속에 슬픔이 없겠는가

내 주변이 어두울수록
내가 더 빛날 수밖에 없는 운명
내가 더 빛이 날수록
세상은 나의 어둠을
나의 눈물을
나의 아픔을
보지 못하겠지

누군가 별에서 떨어지는
눈물을 보았다면
그는 진정 별을 사랑한
사람이었으리라

그 눈물을 본 별이 있다면
그 별은 다른 별보다
더 자기를 태워 빛을 냈으리라

• 남후양 : 역시 살아있네예.^^
• 전경윤 : 세상은 어둠으로 가득차 있다. 니미럴...하지만 밝아지면 다 죽어간다.
• 더행 : 아, 좋은 시 잘 감상하고 갑니다.^^

우주에서 보다

저기 금성쯤에서 보면
지구 위의 그 잘나가는
시인은 단 하나도 보이지 않는다
가끔 별처럼 반짝거리는
영혼만 스쳐 지나갈 뿐

저기 토성 테두리에 앉아
지구를 바라보면
1,000억대 부자들도 다
개미 새끼들보다 더 작아
있는지 없는지도 모른다
다만 잘 나누는 것들은
반짝 빛이 되어 사라질 뿐

저기 명왕성에 즈음에서 보면
지구 위의 숱한 권력들
어깨 올라간 정치인들이
보일 리가 없다
그래도 희생하는 자가 있어
저기 먼지들을 몰고 와
아름다운 석양 하나 만들 뿐

우주에서 보면
전혀 안 보이는 것들이
지구 위에서
우주보다 크게
우쭐거리며 산다

있는 것들
가진 것들에게
가장 힘든 것이
겸손이라는 거
저기 우주에 잠깐 앉아서 보니
다 보인다
다 부질없어 보인다

- 박향숙 : 부질없는 곳에 목숨 거는 부질없는 인생
- 남후양 : 반짝반짝 빛이 납니다.
- 곽정순 : 매달리고 붙잡을 때가 희망입니다.
　　　　지금은 허무만을 잡고 있는 듯합니다.

지렁이가 한 엄청난 일에 대하여

까르르 흐르르 헤르르
아, 그만 좀 간지럽혀
지렁이가 흙의 겨드랑이를 헤집고 다니느라
땅의 웃음소리가 그치지 않습니다
지렁이가 구멍을 뚫은 자리마다
하늘이 보낸 빗물이 택배로 오고
나무들이 보낸 산소 편지가 배달됩니다

우헤헤 보헤헤 갤갤갤
겨우내 얼어붙었던 웃음이
지렁이 덕에 기지개를 켭니다
지렁이가 웃겨 놓은 그 자리에
꽃들이 보낸 꽃詩가 도착하고
바람이 보낸 노랫소리가 스며듭니다

잡초를 뽑다가
지렁이의 귀한 작업을 만났습니다
내가 잡초인지 네가 잡초인지
구분도 못 하고 잡초를 뽑는데
지렁이가 내 손가락을 간지럽힙니다

어디서 자꾸
이상한 웃음소리가 들리나 했더니
이 녀석 때문이었습니다

갑자기 자기 할 일을 들킨 녀석은
몸을 환장하며 뒤틀기 시작합니다

괜히 미안하다
그리고 흙을 깨운
너의 노고에
너무 고맙다

다시 부드러운 흙을 녀석에게 덮으며
지구를 움직이는 아주 작은 녀석의
위대한 힘에 숙연해집니다
나는 지구를 위해 무엇을 했는가
나는 이 땅을 위해 무엇을 했는가

그래도 흙이 웃었으니
나도 웃어봅니다
모든 생명이 웃는 계절
지렁이 덕에 나도 웃어봅니다

• 박향숙 : 조샘은 밤새워 한국어 사전을 갈아엎고 있잖아유.
• 감동하나 : 지렁이는 영어로 earthworm...딱 맞아 떨어지네요. ㅋㅋㅋ
• 이양순 : 지렁이의 존재를 자알 표현. 지렁이가 좋다고 하네요.
• 최상근 : 꽤 오래전에 학교 옥상에 텃밭을 가꾸면서 지렁이를 길러(?)
         본 적이 있습니다. 왕성하게 쓰레기를 먹어 치우고 왕성하게 똥을 싼
         덕분에 다른 거름이 필요 없던... 새삼 지렁이가 그리워지는 아침입니다.

땅의 기적

세상의 모든 썩은 것들이
땅으로 간다
억울하게 죽은 사람의 시체도
구제역 집단 몰사 돼지도
어떤 한을 품고
모두 땅으로 간다

냄새나고 썩은 모든 것들이
땅으로 간다
도저히 받아들일 수 없는 것들을
다 받아서 깨끗이 소화시키는
저 기적을 무엇으로 설명할까

어제의 킬링필드는
오늘 다른 생명을 키우고 있다
인간의 전쟁과 살육
동물의 본능과 살육
그 모든 죽음들이 땅으로 가
다시 생명으로 살아난다

신석기 시대 남녀의 뼈가
두 손을 잡고 있다

백 년 전 군인의 뼈가
고통으로 웅크리고 있다
그 사랑마저도
그 고통마저도
땅은 다 끌어안고 있지 않은가

한 마을 사람들이
산속에 생매장되었다
그들의 비명도 같이 매장되었다
그 한 맺힌 눈물과 비밀도

땅은 다 움켜쥐고 있지 않은가
땅속에는 악마도 천사도
잘난 것도 못난 것도
모두 평등하다
땅 위에서는 평등하지 않아 서러웠는데
땅속에서는 너무 평등해서 서럽다
이 종잡을 수 없는 마음을
땅은 알고 있을까

썩은 것을 소화시켜
새 생명을 만드는

땅의 저 기적을
나는 전혀 눈치채지 못하고 살았다
내 인생을 다시 없던 것으로 만들
땅의 저 무서운 신비를
나는 너무 무시하고 살았다

땅,
내 발아래 있지만
시간을 초월한
전지전능함이여

• 박광호 : 전지전능함이 하늘에만 있다고 하늘만 쳐다보는 사람들에게
들려주고 싶은 시(詩)입니다.

그런 별

별을 바라보다
별이 된 사람들이
지상에서
또 다른 별로 반짝입니다

땅만 바라보던 사람들은
깜짝 놀라지요
하늘에 있어야 할 별이
눈 앞에 있으니까

그래요
별은
하늘에만 있지 않지요

그래요
별은
당신이 닮고 싶은
사람들이죠

하늘 한 번 올려다보지 않은 사람은
별이 내려오는 순간을 눈치채지 못합니다
별 하고 대화 한번 못해본 사람은
그 별이 내 옆에 바짝 와 있는 걸 전혀 모릅니다
그 별이 어느 순간 갑자기 사라지는 것도 모릅니다

당신 위를 보세요
별이 내려옵니다
당신 앞을 보세요
별이 뒹굽니다

지금 당신은 어떤 별을 보고 있나요
당신도 혹시 누군가의 별 아닌가요

"내가 쫓아다녔던 건 공이 아니에요
나도 그런 줄 알았어요
하지만 나이가 들다 보니까 우리가 쫓은 건
하얀 공이 아니라 별이었다는 생각을 해요
별은 하늘에만 떠 있다고 별이 아니예요
누군가에게 길을 밝혀주고 꿈이 되어 줘야
그게 진짜 별이에요
이 '최동원'이라는 이름 석 자가 빛나는 별이 아니라
젊었을 때 나처럼 별을 쫓는 사람들에게
길을 밝혀주는 그런 별이 되고 싶어요"
– 최동원이 죽기 두 달 전 어느 신문 기자와 인터뷰에서

• 동명숙 : 오 좋은 시... 이런 시 좋아요.^^
• 최예숙 : 천사된 별들.. 저는 늘 부럼의 대상이지요.

산골의 밤은 바쁘다니까

배고픈 고양이가 우리 집을 기웃거리고
배부른 달이 개집을 훔쳐보고
길 잃은 고라니가 담장 위로 고개를 내밀고
목줄 풀린 옆집 강아지가 놀자고 스며들고
우리 집 강아지 득이는 1시간 동안 컹컹 짖으며
그들과 일일이 대화를 나누고
그 소리에 영하 20도 얼어붙은 밤공기가 깨지고
바닥에 엎드린 눈은 다시 올라가려 하고
1시간의 짖음에 마을의 귀가 신경 쓰이고
뒷산 자작나무는 자기 새끼만 자작자작 잠재우고
소리 없는 우풍에 영혼의 뒷덜미가 올라가고
마음이 고픈 이장님은 이 모든 것을 베개에 우겨놓고
저기 산 위에서는 반달 같은 무덤이 굴러 내려오고
바람은 나뭇가지를 때리며 밤의 노래를 부르고
이틀 전 음식물쓰레기는 냄새까지 얼어붙고
잎을 떨군 나무는 잎 대신 검은 비닐봉지 하나 물고

다들 자고 있는 줄 알았더니
다들 그렇게 바쁘게 놀고 있고

- 동명숙 : 그렇게 산골의 밤은 깊어가고...
- 박광호 : 강추위가 왔어도 온 세상 만물들은 열심히 움직이는데
  저만이 춥다고 꼼지락 질만 하고 있군요. 으~ 춥다~!
- 남후양 : 참 좋은 서정시입니다.
- 지희선 : 우리 아버님 존함이 덕이에 개띠. 어찌 이럴 수가!
  득이 천대하지 말고 정중히 모셔 주세요. ㅎㅎ
- 박승호 : 어릴 적 겨울방학 때 시골 외가에 가서 일기장에 쓰던 내용과 비슷해 ㅎㅎ
- 최상근 : 시인의 오감과, 오감을 뛰어넘는 영감은 말릴 길이 없고...

숲의 진심

입구부터 삼엄하네요
나무들이 막아섭니다
나무 뒤에는 또 다른 나무가 있지요
나무들 사이로 아무것도 보이지 않아요
햇빛도 들어오지 않는 그곳
이곳도 영혼이 있는지 모르겠어요
한 발 내디딜 때마다 속았다는 기분
나무인데 나무가 아니고
늪인 것 같은데 모래 언덕입니다
어디에 숨었나요
이름을 부르면
내 목을 잡초와 가시가 덮쳐요
그래도 어떻게든 만나고 싶어서
상처를 내주고 틈을 벌리지요
견고하고 완벽한 것들
사탄의 사관생도들
그들도 허점은 있는 법
저 끝에 작은 빛이 숨을 헐떡거려요
그냥 진심을 보여주었으면 좋았을 텐데
길들여진 복면가왕들
가식의 할로윈들
그래도 빛이 있는 게 어디예요

사람들의 진심은
사람들의 진실은
점점 더 만나기 힘들어진 세상
이젠 모든 순수함을 의심하게 됩니다
상처받은 마음이 상처를 더 냅니다
상처받은 진실이
더 깊은 숲으로 들어갑니다

• 남후양 : 조양제 시인의 시에 나타나는 특징 하나를 꼽자면
　　　　　언제나 후룬구동이라는 점입니다!

내가 주목나무에게 형이라 부르던 날

어느 날
너희들의 얘기를 엿들었다
들리는 게 신기했다
같은 부모를 얘기헸다
같은 우주의 탯줄을 끊었다

그동안 내 귀는 화석이었다
태양과 달의 수다
나무와 꽃의 깔깔
빗물과 강의 포옹
너희들은 서로 들리지만
나는 너희의 언어를 몰랐다
너희는 나에게
형제로서 신호를 보냈는데
나는 무디었다

새가 빗물의 언어를
이야기하듯
나도 주목나무의 언어를
이야기한다

형은 옷을 벗으니
피부가 왜 빨개
형은 왜 겉도 속도 왜 빨개

형이라 부르니
내 마음이 빨개졌다
형이라 부르니
그의 삶이 만져졌다
형이라 부르니
내 마음이 달아올랐다
형이라 부르니
다른 형제들의 이야기가
들렸다

• Eunhee Kim : 지구상의 모든 생명들은 한 가족이지요~
　　　　　　　　샘의 사랑 가득한 시를 읽으니 제 마음도 들뜨고 달아올라요~^^

114

앓음다음 기적

아침의 산이 우리 집 문을 두드린다
허락도 안 했는데 거실 안으로
자기의 풍경을 슥 집어넣는다

가끔 풍경은 아프고 쓰리다
앓음다워서 아름답다
아름다워서 앓음답다

인생의 주름살
그 깊고 어두운 골짜기
아주 작은 것이 반짝인다

작은 생명이
지구를 들어 올리는 순간
기적은 그렇게
숨어서 큰일을 한다

아직 눈을 뜨지 못한 입이
생명의 샘을 찾아
더듬더듬 길을 찾아가는
그 경이로운 몸짓

생명을 키웠던 태양
태양을 기다린 생명
기다림의 꽃과 나무

태양은 사람들이
자기를 직접 볼 수 없기에
꽃과 나무를 보냈다고 하지

빛을 향하다가
빚만 만들었던
내 가슴에도
빨간 꽃잎의 압류를 붙여다오

• 남후양 : 흥! 난 이제 패앵생~ 시 못 쓰겠네요. 책임지세욧!

나는 다 보았지

나는 보았지
구름과 비가
서로 나 잡아 봐라 하며
노는 모습을
넋 놓고 그걸 보다가
내 얼굴에 빗물이 고인다

나는 보았지
천둥과 번개가
서로를 간지럽히며
깔깔거리며 노는 모습을
너무 무서워 몰래 보다가
내 머릿속에 번개가 친다

나는 보았지
태양과 달이
무궁화꽃이 피었습니다 하며
얼음 땡 노는 모습을
그 모습을 해 맑게 바라보다가
내 눈에 개기일식이 일어난다

• 아리미 : 좋은 시 즐감했습니다.
• 박향숙 : ㅎㅎ

왜 달만 보면 우십니까

거기 떠난 보낸 사람이 있어서

같이 달을 보던 사람이 있어서

달만 뜨면 그 사람이 생각나서

달만 뜨면 그 사람이 보고 싶어서

나도....그 달에 가고 싶어서

나도....그 옆에 가고 싶어서

달의 눈물이 그의 술잔에 떨어진다

그의 눈물이 달의 얼굴에 떨어진다

• Eunhee Kim :
  <달>
  얼마나 많은 사람들이
  저 달에 그리움의 눈빛을
  묻었을까
  수많은 세월
  그렇한 눈빛들이 겹겹이 쌓여
  저리도 밝게 빛나나 보다
  저리도 환하게 아픈가 보다
  누군가 창가에 기대 서서
  내 눈빛 한줌과도 마주치겠지
  핑 도는 눈빛
  남 몰래 슬쩍
  달빛에 던질 테지
  * 전에 쓴 글인데, 샘의 시랑 맥락이 비슷한 것 같아서요~^^ㅎ
• 강경주 : 오!!!
• 최예숙 : 달 거기에
          가장 그리운 그 사람이
          달 거기에서
          지켜보고 있을 것만 같아서
          눈물을 삼킨다
• 손봉수 : 안구건조증 이라서유..^^
• Joseph Yi : 캬아 졸당

천년의 만남

별들이 산맥을 넘어
쿵쿵쿵
내 마음 속으로 걸어 온다

바람과 먼지를 타고
쿵쿵쿵
내 눈빛을 만나러 온다

천년 전에 반짝였던 그 별
첨성대의 머리를 스치고
영암사 쌍사자 석등을 만지고
지금 내 눈앞에서 말을 걸고 있다

집 밖으로 한 걸음도 못 나가고
궁에 갇혀 있는
신라의 그 공주였던가

내가 천년 전의 사람과
같은 별을 보고 있다는
이 신비로움

그렇지

우주에게는 천년도 찰나인 것을

그 찰나의 사이에

푸드득 새도 날아오르고

바람이 나무와 사랑을 하고

꽃이 벌을 유혹하는 것 아니겠는가

천년 전의 흔적이 말을 거는데

그 기적이 매일 일어나는데

우리는 어디를 보고 있는가

• 남후양 : 문예지나 문학 커뮤니티에 고정, 정기적으로 게재하는 걸 고려해 보세요.
　　　　　물론 나중에 시집으로 선별하여 엮으시겠지만 그냥 페북에 올리고 마는 건
　　　　　상당히 아깝다는 생각만 듭니다.
• Eunhee Kim : 우주는 경이롭고 신비롭지요. 살아있는 모든 순간들이 기적이지요.
　　　　　아름다운 시, 감사히 읽었어요^^

들꽃은 아버지다

누가 봐주지 않아도
혼자 피었다가 혼자 지는
누가 알아보지 않아도
꿋꿋이 피었다가 지는

가족의 삶을 다 짊어졌는데
가족으로부터 박수도 못 받고
혼자 외로운 땀을 닦으며
길가에 주저앉아
한숨을 쉬고 있는 들꽃 같은 아버지

나도 꽃인데
아무도 보지 않는 저 구석에
혼자 피었다 지는 외로움 덩어리

당신의 외로움에
소주 한잔 따라주지 못했는데도
세상의 먼지 다 뒤집어쓰고
이렇게 예쁘게 피어서
더 서글픈 아버지 같은 들꽃이여

• 남후양 : 마약과의 전쟁을 선포합니다. 압색이 시급하다!
• 최상일 : 아부지 보고 싶네예. 가을 탓ㅎ
• 정관성 : 먼저->먼지. 오타에도 불구하고 가슴 저리는...
• Eunhee Kim : 들꽃을 보며 아버지를 떠올리셨군요.
　　　　　　길가에 흙먼지 뒤집어써도 꿋꿋이 버티며 삶의 무게를 짊어지다
　　　　　　말없이 지는 아버지...먹먹해집니다...
• Jae Ho Jeon : 조양제 선생님 마지막 구절은 정말 찌릿찌릿합니다.
　　　　　　제게는 조양제 선생님의 시가 절창이네요.

바람과 그물

그렇게 자유롭게
어디로든 가는
바람이 너무 좋았지요

내 뺨을 스치고 가는
그 바람이
낯설지 않았어요

따라가고 싶었지요
바람처럼
흘러가고 싶었지요

시체에서 빠져나온
20그램 영혼의 무게처럼
가볍게 그 바람의
손을 잡고 가고 싶었지요

그런데 자꾸 걸려요
인간의 그물
인연의 그물
욕심의 그물
감정의 그물
빠져나오지 못해
주저앉아요

다시 올 바람이지만
바람이 되지 못한
내 영혼이 무겁네요
20그램이 너무 무겁네요

내려놓지 못하고
벗어던지지 못한
내 영혼이 무거워 우네요
따라가지 못한 영혼이 우네요

• 남후양 : 조샘, 희망을 가지세요. 다이어트 쫌만 더 빡시게... 쿨럭~
• Eunhee Kim : 저도 바람처럼 자유롭고 싶은데 거미줄에 걸린 나방처럼
　　　　　　　　자꾸 뭔가에 걸려요.

소리의 탄생

오옴~
지구가 자전하는 소리
지구의 생명을
우주에 전하는 소리

움메~
송아지가 엄마를 부르는 소리
일하던 소가 집에 가자고
할머니를 부르는 소리

음마~
세상의 모든 아이가
엄마를 부르는 소리
힘들 때 가장 기대고 싶은 소리

옴마니 반메훔~
우주의 생명을 알고 싶은 소리
지식이 아닌
지혜를 얻고 싶은 소리

옴~~
소리를 만든 소리
소리가 태어난 소리
모든 소리의 엄마 소리

모두가 같은 뿌리에서 나온 소리
너나 나나 같은 뿌리라는 소리
지구에서 같이 살다가
다시 우주로 돌려보낼 소리

• Eunhee Kim : 삶은 넓은 바다에서 물방울 하나 툭! 튀어 올랐다가
　　　　　　　다시 바다로 합류하듯이 우리의 근원은 본래 하나지요.
　　　　　　　심오한 시 감사히 읽었어요^^
• 고철 : 소리의 탄생~그러게요. 개구리 소리나 아침의 기침 소리나 근원은
　　　　다 같겠네요.

4부

–

내 곁을 스쳐 가는
계절의 눈물

입…춘

먹는 입이 있어
먹어야 하는데 먹을 게 없어서
속은 빙하기야
요즘도 못 먹는 사람이 있다고?
네 배가 편하니 보이지 않을 뿐이야
그 입에도 봄이 올까?
그게 입춘일까?

말하는 입이 있어
입만 열면 못할 말만 뱉어
사람 속을 차갑게 하는
아니, 그런 사람이 한 둘이야?
네 입도 그러했으니 심각하지 않지
그 입에도 봄이 올까?
그게 입춘일까?

부르짖는 입이 있어
이건 말이 아니라 절규
저기 임박한 죽음 앞에서 외치는 입
부르짖는다고 그게 들릴까?
간절하게 부르짖지 않은 놈은 말을 말어
그 입에도 봄은 올까?
그것도 입춘이라 하나?

그 입을 계속 다물고만 있었더니

먹을 줄 모르는 줄 아나봐

말할 줄 모르는 줄 아나봐

그래서 부르짖어야 하나봐

그래야 진짜 봄이 오나봐

아, 봄도 부익부 빈익빈인 거니

있는 것들만 봄이 오는 거니?

그런 걸 입춘이라 하는 거니?

꽃도 사람 가려서 피는 거니?

• 최상근 : 아하, 입에 오는 봄...
            그러고 보면 궁窮이라는 말도 사계절 중 춘春만이 데리고 오는군요.
            이 봄에 눈만이 아니라 입도 행복하길...
• 배송제 : 그래 그거야, 하여튼 봄은 와야만 하니까!!!
• 박성환

마음날씨예보

내일의 날씨는 사람의 마음에 따라 달라지겠습니다 도시가 시골보다 더 추운 것은 사람들의 찬 마음이 강한 연대를 이루어 도시를 움켜쥐고 있기 때문입니다 아침에는 영하 18도의 차가운 시선이 서로의 목덜미를 파고들 것이며 한낮에도 영상의 따뜻한 마음은 만나기 힘들 것으로 보입니다 용산이나 여의도에는 자기들만 모르는 한파 특보가 이어질 것이며 당분간 그 지역 사람들은 꽃 한 송이 만나기 힘들 것입니다 갑자기 손을 벌리며 다가오는 노숙자에게 천 원짜리 한 장 나눠줄 수 있는 곳이 몇 군데 안 남았습니다 하늘은 이런 우울한 지상의 날씨를 보며 구름으로 얼굴을 가리기 바쁩니다 엊그저께 비를 뿌렸던 구름은 사람의 마음을 잠시 읽었던 예기치 않은 감정인 것으로 밝혀졌습니다 새벽에 나무들이 나체로 도로를 질주할 때 나무는 부끄럽지 않은데 안개가 그들의 몸을 잠시 가려주고 있으니 질주하는 이기적인 차량들은 다 드러낸 나무들에 정면충돌하지 않기를 바랍니다 내일은 전국이 맑은 척을 하다가 일부 착한 마음에 눈을 뿌려줄 것으로 보입니다 사람과 사람 사이에는 살얼음이 있으니 그 구간을 아무 생각 없이 지나는 사람들은 미끄러져 뒤통수 다치지 않도록 조심하시기 바랍니다 3월에 노란색 분홍색이 대지를 덮기 전까지는 사람들의 가슴 속에는 건조주의보가 내려져 있으니 메마른 감정에 불을 붙이지 마시기 바랍니다 이런 때일수록 화를 돋구면 건조한 마음에 작은 불씨도 대형 화재로 번질 수 있으니 평소 잘 욱하던 사람은 자제하시기를 바랍니다 해안에는 감정의 기복이 큰 너울성 파도가 칠 것으로 보이니 불필요하게 바닷가를 거닐어 보겠다는 도발적 감수성은 가능한 억누르시기 바랍니다

- 남후양 : ―ㅠ―;;; 그저 할 말을 잊었습니다. 최고입니다.
  감히 장담컨대 조양제 시인 대표작이 될 것으로 확신합니다.
- 박향숙 : 최고입니다. 전무후무한 발칙한 발상
- Jae Ho Jeon : 인간은 지구의 진드기이고 그들이 이룬 도시는 피부병이라는
  말이 생각나네요. 저 역시 피부병에 일원이 되자지고...ㅠㅠ
  양제쌤 시가 참, 좋네요. 계속 정진하시면 좋겠습니다.^^
- 최상근 : 인간의 감정이 날씨를 빼닮은 줄 이제야 깨닫게 됩니다.
  (추신: 따봉을 날리고 싶지만, 날리믄 그 XX 생각나서 쪽팔릴 것 같아
  꾹꾹 참아 봅니다.)
- 정혜레나 : 요리조리...참 요리를 잘하십니다...감탄

낙····엽

슬픔이,
지나가는 다른 슬픔을 본다
너의 슬픔이 크지 않고
나의 슬픔이 작지 않다
그냥 슬플 뿐

누구나 떨어지고 누구나 간다
어제 떨어졌을 뿐
내일 떨어질 뿐
추락은 뻔해서 행복한가

먼저 간 사람은 선배다
그러나 먼저 본 걸
알려줄 수 없는 선배
그냥 먼저 갔을 뿐이다

뒤를 돌아보니 뒤가 없고
앞을 기웃거리니 앞이 없다
앞뒤가 없으니
옆이 말을 건다

삶과 죽음 사이에 파리가 난다
왜 하필 거기서
삶의 마지막 냄새가
죽음의 향기를 부른다

무덤은 없을 無에
덤 하나 보태는 것이라지
그런데 온통 있을 有
그래서 무덤 앞에 유감이다

어디까지 선이고
어디까지 악인가
그 경계를 아는 건 바람뿐
바람에 실려 온
죽음의 한에 숙연하다

• 황규석 : 많은 것을 생각하게 합니다. 오늘도 행복하십시오.

죽은 것들이 달린다

땅으로 돌아가지 못한 것들이
줄을 맞춰 달린다
때로는 무단횡단도 하고
때로는 하늘로 치솟아 오르고
마치 살아있는 것들처럼
마지막 몸부림을 친다

돌아갈 곳이 없는 것처럼
죽은 것들이 달린다
집을 잃은 아이들처럼
죽은 것들이 달린다

초록의 땀을 식히던
바람의 추격전
바람보다 빠른 속도로
죽은 것들이 달린다

그만하거라
빗방울 투두둑
그 한 방울만으로도
죽음의 질주를 멈추게 한
하늘의 놀라운 힘

죽었으면 이제 쉬어야지
죽었으면 이제 멈춰야지
죽었는데도 여전히 바쁜 너희들을
아스팔트에 매장하는
빗방울의 놀라운 힘

• 김춘성 : 드디어 글이 항력을 받,,,
　　　　무섭게 차오르는 질주가 무섭다 하오.
• 표광배 : 깊어가는 가을입니다.

코스모스

너,
가녀린 몸으로
우주를 들어 올린
그 가을의 기적이여

연분홍 톱니바퀴
하늘을 향해
달려가는구나

너의 열정
너의 순결
너의 행운
너의 희망을 신고
하늘로 솟아오르는구나

이마의 땀을 닦던
그 잠깐 사이
소녀의 순정이
나에게 다가왔다

여름까지는 길가에
먼지 뒤집어쓴 민들레가
나를 반기더니

이젠 집으로 가는 길에

너희들의

가냘픈 환대를 받는구나

아,

가녀리고 순결한

나의 우주여!

• 배송제 : 가녀린 톱니바퀴 속에 우주가 맴돌고 있구나!!!
• 조현동 : < 코스모스 >
  코스모스 / 조 현 동

  코스모스는
  천상 가을가을한
  가을꽃이다

  코스모스는
  천상 여자여자한
  여자꽃이다

  코스모스는
  천상 하늘하늘한
  선녀꽃이다

  코스모스는
  천상 한들한들한
  눈물꽃이다

가을이래요

하늘이 한 50cm 올라갔지요
파랑이 더 짙어졌어요
잠자리와 매미가 반창회를 하네요
폭염과 폭우는 벌써 과거가 되었고
성격 급한 단풍잎 하나는
벌써 흥분해서 빨개졌어요
조금 그윽해진 달빛 아래서
자작나무가 겨울에게 편지를 쓰기 시작해요
떠난 사람이 더 많이 생각나는 이 시간
어느 집 굴뚝 연기가 부럽네요
더 이상 몸에 열이 나지 않지만
마음에 뜨거운 게 올라오는 계절이지요
사람이 싫다가 사람이 좋아지는 계절이지요
뜨거운 것을 이겨낸 꽃이
차가운 것을 이겨낼 꽃을 만나러 가요
안 들리던 소리가 들리지요
빨간 고추들은 시장 나들이를 준비하고
바람은 내가 읽다만 책을 훔쳐봅니다
시골 버스정류장 의자에는
어느 소녀가 나뭇잎 하나 놓고 갔어요
초록이 가쁜 숨을 달랩니다
다들 잘 지나왔어요
가을이래요

• 남후양 : "바람은 내가 읽다 만 책을 훔쳐봅니다" 제대로 한방 먹었습니다. 정말 멋져요.
• 박언휘 : 멋지십니다.
• 김준현 : 마음에 뜨거운 게 올라오는 계절...밑줄 쫙~~ㅎㅎ
• Eunhee Kim : 낭만적인 시네요.~^^ 가을가을한 고운 시 즐감했어요.^^
• 양태현 : 아름답습니다.

봄살

해마다 봄이 오면
꽃이 피는 모습 구경 하다
내 몸에 봄바람 스미는 것도 모르고
몸살을 앓는다

해마다 봄이 오면
꽃들의 춤판에 넋을 잃어
내 귀에 바람이 속삭이는 것도 모르고
몸살을 앓는다

해마다 봄이 오면
내가 모르는 꽃들과 인사하느라
내 등 뒤의 초록은 쳐다보지 않고
몸살을 앓는다

해마다 봄이 오면
겨울에 그토록 보고 싶었던
봄에 정신 팔려
꽃에 정신 팔려
다른 것들은 쳐다보지도 못하고
봄살을 앓는다

해마다 나는

봄 때문에

꽃 때문에

봄살을 앓는다

- 최상일 : 몸살엔 휴식이 봄살엔 뭐가 필요할까요? --> 花살이요^^
- 김희명 : 봄살 표현 좋네요^^
- 변경섭 : 기막힌 표현~~
- 박동남 : 봄살을 잃을만도 하겠네요. 멋진 시를 지으셨으니 말이지요.
- 전경윤 : 나는 볼살,뱃살이 안 빠져 고민이다. 나잇살은 더해가고 역마살이 낀 건지
           자꾸 떠나고 싶다. 볼살 살치살 안주로 한잔 걸쳐야겠다.
           주위에 온통 살살거리는 놈들뿐이다.
           살살이 서영춘 큰딸이 고등학교 동문이다.
- 이원복 : 그 몸살에 엉덩이에 주사 맞으러 병원 가신 건가요?
           오늘은 방심, 아니라 방괄약근 안 하셨겠죠? ㅎㅎ
- 채홍녀 :
  몸살
  봄살
  많이 앓고 나면 훌쩍 자라시나요?
  아이들 한 번 앓고 나면 크잖아요^^

木淚

어젯밤 우리 집 뒷산 나무들이

서럽게 울었다

빨갛게 저세상으로 간

자기 새끼들을 발밑에 부여안고

서럽게 울었다

서리 내린 오늘 아침

나무들의 눈물 자국을 닦으며 위로한다

네 새끼들은 너 먼저 가도

네 몸으로 다시 돌아오지만

사람 새끼들은 한번 부모 품 떠나면

다시 돌아오기 힘들어

• 아리미 : 멋진 시 감사합니다.
• 손린 : 감사합니다. 선생님, 멋진 시 감상했습니다.
　　　　 가을의 눈물이 바닥에 떨어진 것 같습니다.^^
• 최승화 : 시인의 귀!

마음정비사업

스트레스와 트라우마가 뒹구는
낡은 도시의 골목길에
한 울음이 빛을 피해 도망간다
구겨지고 부러진 것들이 모여
노쇠한 콘크리트의 심장을 파헤친다
이곳의 추진위원장은 자기 마음이
아닌 것을 가지고 노느라 마음이 떠 있고
조합장은 찢어진 마음을 조합하느라
방금 전 콘크리트가 흘린 눈물을 보지 못했다
곧 재개발 3구역에서
쓰레기들의 반란이 시작될 것이다
쓰레기 아니었던 게 어디 있는가
마음은 늘 갈피를 못 잡았고
어느덧 30년의 한계를 넘어섰다
골목 찢어진 벽 사이로 물이 흐른다
너의 외골수 나의 외통수
사실과 진실 사이에 오도 가도 못한 양심
잘하고 싶었지만 잘하지 못했고
잘하지 못했지만 잘할 수 있었던
마음은 늘 그렇게 외관에만 신경 썼지
이번에는 설계를 누구에게 맡길까
쓰레기의 변신 앞에 펼쳐진 장밋빛 약속
장미는 죄 없다고 웃을 뿐이다

내 마음의 토지등소유주는 얼마의 이주비를 줘야

허름한 그 마음을 벗어날 것인가

늘 가진 것도 빼앗겼던

내 마음은 재초환이 불만이다

마음이 어떻게 숫자로 계산될 이익이란 말인가

욕심이 높아지면 높아질수록

용적률도 높아지는 법

초고층의 자존심과 자부심 사이

세상을 안하무인으로 내려볼

스카이브릿지가 세워진다고 한다

다시 무엇을 부러워하고

다시 무엇에 부끄러워할 것인가

도시 이곳저곳은 재개발할

낡은 마음들 투성이다

• 남후양
  저마다 가진 소망들
  그 마음들을 버무려
  공구리로 부어야 해
  철근들 사이 사이로
  가득가득 골조가 돼
  공구리엔 눈물이 반
  그외 애면글면이 반
  그래 볼품없는 조합
  색도 칙칙한 회색빛
  그러나 가장의 성취
  굳으면 든든한 기둥
• 박광호 : 이곳은 어느 곳일까요. 인천에는 무려 30여 년 만에 재건축을 한
  산동네가 있습니다. 그곳에서 알콜 중독자가 되어 피 토하다
  돌아가신 분들이 참 많았습니다. 재건축으로 세워진 도시는
  누군가의 처절한 삶을 밟고 올라선 반갑지 않은 모습입니다.

142

바람의 언어

너희들의 말이
들리기 시작했어
바람에 묻어온
그 말들

내 말만 고집했을 때는
들리지 않았던
너희들을 사랑하기 시작하면서
기적처럼 들리는
그 말들

꽃들이 잡초들과 수다 떨고
벌레가 흙을 간지럽히고
사마귀가 강아지를 약 올리고
빗물이 강물과 포옹하고
소나무와 감나무가 참나무 뒷담화하고
낙엽이 잔디를 달래고
먼지가 노을과 속삭이고
그렇게 바람에 실려온
이 모든 말들

너희들의 말을
가만히 듣다 보면
인간의 말이 가장
보잘것없다는

우주를 표현하는
너희들의 언어
그 장엄함에
나는 내 말을 잃어
나는 내 시를 버려

• 최예숙 : 시 좋습니다.
• Eunhee Kim : 장엄한 우주의 언어 앞에 인간의 언어는 너무도 조악하고 얕고
　　　　　　　표현의 한계를 드러내죠.
　　　　　　　제가 평소 생각하던 것들을 공감 가는 멋진 시로 옮겨주셨네요^^
• 한명희 : 바람의 언어 자연의 언어가 시를 끄적이게 하지요.

100년 피어 있는 꽃이 있던가

도대체
가르치고 가르쳐도
알아듣지 못하는

해가 뜨고 지면
너도 뜨고 지는 것
꽃이 피는 건 한순간
너도 지금은 한순간
그래
슬픔도 한순간

어둠이 죽음을 부르듯
어제의 나는 죽은 거야
어제를 생각하면 죽은 거야
그래서 돌아보지 말라 했지
왕년의 축축한 뒷골목에서
그만 나오시게나

달은 태양에게 희망을 던져주고
물고기는 새의 잠꼬대를 한다

내가 하늘로 잠수할 때
연어가 핏속을 거슬러 올라
용암 같은 분노를 쏟아붓고

질서에 사슬이 되니
나의 평화는 남에게는 악마
너는 언제 전쟁 포로에게
복숭아 한 알 건네준 적이 있는가

하늘이 가르쳐 준 말이 있듯
하늘이 알아듣는 말이 있지
기도에 욕심을 잠복시키지 말아
겸손하지 않은 것들이
감사를 악용하는 법

비가 오면 이미 허리가 아프잖아
개구리는 시간당 1400번을 울어
수컷의 생존이지
너희들의 비열한 욕망처럼

독수리만 시체를 파먹는 게 아니야
비둘기가 발톱을 드러낼 때
탑골공원은 피맺힌 울음
이제 돌을 던지게나

말은 말이 아니지
알아듣는 것의 배반
감히 이해했다고 말하지 말게

연민이 하늘의 감정이라면

외로움은 땅에서 솟아나는 슬픔

잘난 척이 집으로 갈 때

돌아갈 곳 없는 사람은

볏짚 위에 몸을 눕히고

억울하게 죽은 어떤 유골은

왜 반지를 움켜쥐고 있었을까

사람을 알지 못하니

인생을 알지 못하고

재밌지만 슬픈 사실

그토록 알려주었는데

왜 아직도 모르냐고

오늘은 꽃에게도 혼이 나는 날이다

• 남후앙 : 하아~ 몇 번을 다시 와서 읽어도 감동은 그대로입니다.
          하나 독자로서의 우매함은 어쩔 수가 없군요. 다른 건 머리와 가슴으로
          들어오는데요. "질서에 사슬이 되니" 이 부분은 아무리 궁리해봐도
          시인의 언어를 가늠할 길이 없습니다. 부디 자비를...
--> 조양제 : 인간의 질서에 다소곳이 끌려가는 답답함이 제 마음을 사슬로 묶습니다.
          자연의 질서도 모르면서 인간의 질서에만 모든 것을 맞춰왔던 삶이 사슬이
          되었습니다. 사슬은 노예의 발목에 걸린 그 아픔입니다. 인간의 질서에
          기준한 평화는 평화가 아닐 수도 있다는 생각을 잠시 했습니다.
--> 남후앙 : 아 인간의 질서에 기준한 평화에 대한 허구성을 짚은 것이었군요.
          감사합니다. 늘 건필하십시오.^^
          (언제 한 번 대차게 까야 하는데 당최 깔 게 없네. 흥! ㅋㅋㅋ)

장미의 심리학 보고서

저 웅크린 가시를 보라
태양도 찌를 기세
나비의 날개를 찢던 날카로운 생존력
그 기세는 다 찢겨져 나가고

바람도 피를 흘리고 간 어느 날
흙을 탈출하고
몸을 탈출하던
나의 공포
너의 환희

내게 흙은 어머니의 자궁이었는데
어디 낯선 식탁 위
내 피가 될 수 없는 유리 화병 위
가시는 힘 한 번 쓰지 못하고
그들의 시선은 속절없는 사슬이 되었다

화려한 것은 썩을 때
냄새가 더 독한 법이지
썩지 않으려는 몸부림
죽지 않으려는 저항
너희들을 위해 산 것이 아니었는데
내 한 몸 지키지도 못한 굴욕

장미의 시체를 묻고 울던 그 밤
빨갛게 충혈된 우울이
자기 생에 집중하지 못한 이의
뒷덜미를 움켜쥔다

태양을 닮은 청년의 손에 들린 희망
수줍고 흥분된 빨간 마음
나의 희생이
너의 기쁨이 되어서 다행인가

다만, 너는
너의 가시를
쓸모없게 만들지 말기를
빈다.
비어 있다

• 박광호 : 장미가 미울 때가 가끔 있습니다. 나는 그저 지나가다가 무심코 가지를
    살짝 건드렸을 뿐인데, 막! 가지를 흔들면서 가시로 콕콕 찌른답니다.
    그럴 때는 꼭 마눌님 화났을 때와 똑같은지 원. ─.─;;
• 정은애 : 장미야, 누가 뭐라 해도 난 너의 그 가시를 좋아해~

나무야, 나무야, 물구나무야

겨울은
뜨거운 태양
차가운 빗물에
녹초가 된 땅 위의 노동이
잠시 밑으로 내려가고
어두컴컴한 곳에서
노를 젓던 노예처럼
끊임없이 물을 끌어 올리던
땅 밑의 노동이
위로 올라오는 계절이다

뿌리가
하늘을 만나러 올라오고
가지가 땅을 만나러
내려가는 계절이다

그렇게 서로
반대가 되어 보라는
그렇게 서로
상대의 입장이 되어 보라는

겨울은

내 마음을 거꾸로 뒤집어

나보다 더 추운 마음을

바라보는 계절이다

• 남후양 : 시인 조양제를 보았다. 그의 내면이 가진 시의 세계, 그 깊은 골짜기
          은밀한 곳에서 반란을 꿈꾸어 왔음을 이전부터 희미하게 감지하긴 했지만
          오늘에서야 그 반란의 지향점을 선명히 적발한 것도 같다는 확신이 든다.

눈이 쿵쿵쿵

강원도에서는
눈이
쿵쿵하고 온다

무거운 놈들
하염없이
숲과 집을 덮으니
저 눈을 또 언제 다 치우나
마음속에 쿵쿵
큰심*이 쌓인다

그럼에도
새벽에 고단한
밥벌이하러 나가는 사람을 위해
혼자서 눈길을 치운다
내 작은 눈삽이
저 노동에 희망이 되기를

강원도에
눈이 오면
일단 군대 간 자식 걱정부터 한다

아비가 눈 치우는 동안
아들도 눈 치우겠구나

제설작업으로 하루

총은 내려놓고

눈발처럼 시간을 날리겠구나

강원도에서는

눈이

마음으로 온다

남들은 스위스에 산다고

부러워하지만

눈 속에 사는 사람은

이 눈길을 뚫고 나갈 사람은

마음 속이 백지상태다

그 백지에는 설경을 그릴 수가 없다

*큰심은 오자가 아님. 큰 근심을 말함.

- 지희선 : 설경을 그릴 수 없는 백지에 아비의 마음 심이 새겨지겠죠!
- 가문비 : 아름다운 설경을 볼 때마다 어린 시절 살았던 묵호의 설경이 생각납니다.
  눈 많이 올 땐 학교도 쉬었어요.
- 박광호 : 어린 시절의 강원도는 진짜 쿵쿵거리게 눈이 왔습니다. 무릎까지 파묻히는
  눈이 그저 평범하게 느껴졌어요. -20도는 기본이었는데 언제부턴가
  -10도만 내려가도 최고의 한파라는 둥 난리가 나네요. ㅎ
- 변경섭 : 아비 마음이 애절하군요. ㅎ
- 동백구미 : 여기 쿵쿵쿵이라도 내렸으면 좋겠습니다.
- 노경아 : 1970~80년대 태백에서 초중고를 다녔는데, 눈이 쿵쿵 내려 학교 못 간 날이
  많았습니다. 밤새 내린 눈이 문을 덮쳐 녹을 때까지 나가지 못한 날도 있어요.
  시에 푹 빠졌습니다~!!!^^
- 최상근 : 꼭 10년 전 겨울이 지금처럼 터지게 추웠는데요, 그해 성탄 이브에 아들놈이
  군댈 갔는데요, 유난히 눈도 많이 왔는데요, 아들놈이 편질 보냈는데요,
  아빠, 하늘에서 맨날 쓰레기가 쏟아져요. 푸념하던 일, 이제는 아득한데
  선생님은 목하 현실이군요. 그러니 '큰심'이 쿵쿵 내려앉을 밖에요...
  무사히 건강히 잘 성장하여 오기를 저도 기원합니다.

5부

–

일상에서 마주친
낯선 감성

인생 술 한 잔

한 잔 받아라
인생이 한 잔 술 아니냐
내 사는 게 삼팔선이다
수시로 경계를 넘나든다
오늘은 기분의 파고가
참 높은 날이네

한 살 아래 후배가
할아버지가 되었데
미친 거 아냐
이제 50 중반인데 ㅋㅋ
오랜만에 아기를 보니 좋은가 봐
그 녀석 좋으니 나도 좋아
딸꾹

친구 놈 하나는
마누라랑 헤어졌데
돈 문제라는데
그놈의 돈이 뭔지
한 200 꿔주었는데
받기는 그른 거 같아
돌싱된 친구 생각하니 우울해
아니 오히려 잘된 건가
딸꾹

한잔 따라봐

어, 이놈 어디 간 거야

그새 집으로 내뺐네

이런, 나는 또 혼자네

아니 여즉 혼사서 떠든 거네

그래 인생은 원래 혼자지

딸꾹

하루가 참 재밌고 슬프네

오늘이 참 슬프고 재밌네

인생도 참 재밌고 슬프지

사는 게 참 슬프고 재밌지

슬프고 재밌고 외로운 거지

딸꾹

주모 여기 술 한 병 더

아니 술을 달라고 했더니

주님을 데리고 오네

가뜩이나 외로운데 잘 되었네

주님, 한 잔만 따라주소

희망을 걸만한 거 한 잔만

- 박향숙 : 주님을 영접하셨군요.
- 이양순 : 인생사 그래요. 0
- Jae Ho Jeon : 양제쌤 마지막 구절이 절창입니다. 희망을 걸만한 거 한잔만...^^♥
- 김준현 : 형님, 이번 작품은 노벨 주안상 수상 후보~~ ㅎㅎ
- 아리미 : 카~~~ 역시 생활시의 달인이십니다.
- 양태현 : 결국은 인생사 주님 영접이네요. ㅎㅎ

157

노숙

서울역 지하
4번 출구 방향
다섯 번째와 여섯 번째 기둥 사이에
광장시장에서 순댓국을 팔던
사장님이 누워있다

나에게 소주 한 병
서비스하시던
그 사장님이
소주 한 병 앞에 놓고 누워있다

98년에도 이 자리에 누웠다가
재기했다고 자랑하던 그 사장님이
2022년에는 마스크를 쓰고 누워있다

아는 척하기 힘들어서
다시 돌아와 그때 서비스받았던
소주 한 병 조용히 놓고 온다
다시 재기하실 걸 믿고 돌아온다

- 박종국 : 네, 가슴이 아픕니다. 글과 사진 담아갑니다.
  건강한 삶에 밀착된 시. 겸허하게 읽고 소중히 담아갑니다.
  늘 건필하세요.
- 유현수 : 갈수록 힘든 삶의 무게들, 서민들은 피를 토하는 심정으로 살아갑니다.
- 박광호 : 힘내시라는 말씀도 욕처럼 들리는... 몸이, 마음이 바닥을 쳐본 입장에서...
  저 또한 조용히 소주 한 병 놓고 오고픈 심정입니다.
- 박성현 : 선생님, 흠.. 저 잘 울리시는 시인님.
- 봄날 : 노숙자들이 아직 저렇게나 많은가요? 오랜만에 보는 모습이라 넘 충격적입니다.
- 이재경 : '가난한 권리'를 어제 읽었는데...그 분도 삶의 변곡점을 만나시길요...
- Eunhee Kim : 노숙자들이 이렇게 많다니! 한파에 노숙인들을 위한 쉼터와
  취약계층 보호 대책이 필요한데 정부는 손 놓고만 있나 보네요.
- 리강길 : 살만한 인생, 그 아름다운 사연들
- 정관성 : 마음이 아픕니다. ㅠㅠ
- 전재민 : 나는 절대 그럴 알 없어 단언 하지만 사람일은 아무도 몰라요.
  중병이 걸리면 재산을 팔아야 하는 상황에서 아파도 돈이 없어 죽는 일은
  막아야 합니다. 사람들이 힘든 걸 싫어한다며 외노자만 쓰고 로봇을 만들어
  쓰면 한국인 돈 없는 사람들 노후는 어쩝니까?
  애를 안 낳아 한국 군사력 뻥크 날거 같으니 구인도 로봇으로 대체하려나요.
- 박진석 : 모든 분께 희망의 해 기원합니다.
- 양태현 : 마음이 짠하네요.
- 이한별 : 에구 어째유. ㅠㅠ

포토라인

이쪽에 서 있는 사람의 호기심
저쪽에 서 있는 사람의 수치심
마녀사냥의 마녀는 누구일까
마녀를 사냥하는 줄 알았다
아니다 마녀가 사냥하는 것
아니다 온 세상이 마녀
너희는 재밌지
당하는 사람은 지옥
님아 그 선 앞에서 서지 마오
그 선은 절대 善이 아니오니
찰칵찰칵의 무차별 폭격
이미 너덜너덜해진 이미지
서야 할 놈은 서야겠지
서지 말아야 할 놈까지 포토폭격
하늘을 우러러 한점 잘못 없는 놈들만
포토의 돌을 던져라
선을 넘어선 폭력
킬킬킬, 뒤에서는 웃는
kill kill kill

• Eunhee Kim : 사회적 타살이예요. 언론이 물어뜯으라 명령하면 언제든 달려와
　　　　　　　물어뜯는 뇌 없는 군중들과 권력자의 손짓 한 번에 사냥개처럼
　　　　　　　뛰어드는 양심 없는 수사, 권력기관의 횡포에
　　　　　　　애꿎은 고귀한 생명이 또 희생됐네요.
• Hyo-Seok Ko : 멋진 시네. 양제야. Great!!

160

빈자리

아줌마들은
엉덩이가
발보다 빠르지요

지하철 빈자리만 보이면
송곳처럼
몸을 던지지요

다행히
몸살 난
제 곰 같은 몸을 먼저
그 빈 자리에
구겨 넣었지요

1초 후
발보다 빠른
송곳 같은 엉덩이가
제 몸 위에
던져집니다

아...아프다

내 살이
몸살이
부르르 떱니다

진한 화장과
더 진한 고통이
긴 여운을 남깁니다

• 박광호 : 긴장감이 고조되는 시입니다.ㅎ
• 아리미 : 역시 훌륭한 생활시인이십니다.
• Eunhee Kim : ㅎㅎ 빈자리만 보면 번개보다 잽싸게 엉덩이부터
　　　　　　내리꽂는 아줌마들~^^
• 박향숙 : 애 낳느라 다리에 힘이 빠져서 그려유~~
• Joseph Yi : 그 아줌마 엉디에 송곳을 꽂구 다니나 보네 ㅎㅎ
• 박승호 : 아침부터 빵 터짐 ㅎㅎ 예전에 자주 보던~그 장면 ㅋㅋ

내 인생은 한줌의 모래였음을

철 지난 바닷가
모래를 손아귀에 쥔다

어느 바위가 깎여
이 모래가 되어 왔을까
누군가 쓰다듬던 인연이
내 인연이 되어 왔을까

움켜쥐는 순간
내게서 인연이
스르르
빠져나가고
내 손에 남아 있는 것은
모래 몇 알밖에 없다
이 몇 알도 내 것은 아니겠지

나도 모래였던 것을
바다에 쓸려 가면
네것 내것이 없는 것을
산다는 게 모래알인 것을

바다에 쓸리고

바람에 쓸리고

뒹굴다 만난 우리 인연

너는 어디서 깎여

내 앞의 모래알로 누워있는가

• 남후양 : 아하, 내가 미쵸! 누가 댓글만 달아도 바로 시가 나오니 원...
• 최종철 : 아하, 모래가 사실 작은 돌이쥬? 흙이 아니라. 참 그렇네유.하하

164

느리게, 모자라게, 천천히

단추 하나 풀고
조금 느슨하게
숲 공기 들어와 놀 수 있게
새 소리 여운이 안길 수 있게
가끔 안개 목욕을 하면서
느릿느릿
직립보행을 음미하는
갓 태어난 바람의
비릿함에 감각을 깨우는
조금 벗어난
조금 모자란
덜 채워진 나
완벽한 것들
빠른 것들은
정이 안 가잖아
느리게 떠난 사람들
그 뒤를 느리게
내 앞을 천천히
조금 모자란 내 옆을 열며

• Hyeon Joong Lee : 시는 거울인가 봅니다. 읽다 보면 제 모습도 비춰지네요.

아프리카처럼 웃지 못해서

하얀 이가
햇빛을 부끄럽게 하는
저 환한 웃음은
신의 문지방

가난한 것들의
저 순수한 낙천
사자를 가볍게 짓밟은
아프리카의 힘

가난이 뭔데
살면 되는 거
박수를 치는 저 리듬
지구를 웃게 하는 저 발놀림

그래도 저 황토 너머
단 하나 핀 꽃으로
사랑을 고백하는 순수
그 아름다운 흑색
검은색의 밝음

슬프면 하늘 한 번 보면 돼
비가 내리면 내 마음에
저수지가 생겨
햇살은 내 오랜 친구

나를 인정해 주는 기쁨보다
내가 인정할만한 사람을 만난 기쁨
마음이 가난한 사람들은
도저히 알 수 없는
아...프리카의 저 생명력

저들의 웃음을 훔치고
갑자기 슬퍼지는 이유
있는 것들의 초라함
없는 것들의 당당함

• 박향숙 : 우리 아이들에게도 밝은 웃음을 찾아주면 좋겠어요.
• 김희명 : 우와 멋진 시예요.^^

집우 집주

집은 우주다
집은 우주를 닮은
사람이 사는 우주다
작게 태어났지만 우주다
작게 태어나서
작은 집으로 돌아간다
그런데
우주가 우주를 버렸다

신혼 때는
비가 새는 작은 방이어도
함께라면 좋았다
그런데
함께보다 크기가 좋아졌다
40대는 40평형대여야 했다
50대는 50평형대여야 했다
쓸데없이 대형이어야 했다

작은 집이어도 주인일 때가 있었다
툇마루에 머물던 시간
장독대를 만지던 시간
아궁이 불 때던 시간

아랫목에 아버지 밥 데우던 시간
우주 같은 사람이 우주의 혼을
흘리던 집우 집주

집이 커지면서 주인의 자리를 잃었다
벽이 주인이 아닌 텔레비전이 주인
비싼 소파는 일주일도 안 되어 옷과 책이 주인
사람이 주인이 아닌 집이 주인
살기 위한 집이 아닌 보여주기 위한 집

작은 우주가 커지면서
우주의 자리를 잃었다
우리는 진짜 집을 잃었다

• 이효경 : 의미 있는 말씀입니다.
• 박향숙 : 모든 것이 추억이 되었네요.
• 유영태 : 집우 집주, 그러네요 집이 우주네요. ^^
           멀리가 아닌 우리가 살고 있는 여기 또한 우주인데……

외로운 조각

파티가 끝난 뒤
바닥에 떨어진
꽃잎이 나였다

새벽 쓰레기 차에
실리지도 못하고
홀로 바람과 뒤엉킨
휴지 조각이 나였다

더 이상 불을 붙일
심지도 없는
다 녹은 초가 나였다

작은 소란을 입에 물고
창밖으로 날아간
비둘기가 흘려놓은 깃털
그 몹쓸 평화가 나였다

콧물을 외면하고
빗물을 만나러 수직 낙하한
이기적인 눈물이 나였다

나는 그렇게

무리에 섞일 수 없는

겉만 희생이고 평화였던

외로움에 치를 떤

작은 달빛의 그림자

한 조각이었다

- 이양순 : 외로움 욕탕에서 얼릉 나오세요. 가을볕에 말리고 그냥 살아보시죠.
- 박향숙 : 나 같아요.
- 남후양 : 조 시인은 언제나 흔해빠진 낱말로 귀한 시를 짓는다.
- Soojin Kim : 형..점점 더 멋있어 지는 거야~

이상한 평화

빨래집게가
빨래에서
미끄러지자
바지가 웃는다

와이셔츠가
하품을 하는 사이
구름이 포켓 속으로
들어와 잔다

강아지는
털갈이하는 자기 털에
눈이 찔려
땅바닥에 화를 낸다

추운데 여전히 피어 있는
코스모스는
넋 놓고 노을을 보다가
낙엽에 뺨을 맞는다

잔디를 탈출한 메뚜기는
자기도 단풍이 되고 싶어
현관문 앞에 빨갛게 얼어
저 세상으로 간다

• Yang Lee : 파리에서 이민자 생활하면서... 언제 어느 곳에서 III 붙이 하나 없이
이국땅에서 구급차에 실려 가서 옷을 벗겼을 때...
누우런 속옷과 구멍 난 양말을 보이면 안 된다고...
속옷을 항상 삶아서 소독해서 늘 새것처럼 입고 다니신 스승님이 계셨어요.
매사에 그렇게 티끌 없이 사시려던 화가 선생님~
지금은 한국에서도 손수 삶아서 꼭**속옷은 하얗게~~
***세파에 휩쓸려 겉은 얼룩덜룩 때가 묻었어도 ...
속은 늘 아직도 티끌 없이 시류에 휩쓸리지 않으신 꼬장꼬장
스승님이 생각나요!!
- Giheon Yang : 좋습니다.
- 곽정순 : 와아~&%*^^

젊은 노인

73세 동네 어르신이
집에만 있고
밖을 안 나가신다
집에만 있으니
며느리가 세끼 뜨신 밥
챙겨드리느라 허리가 휜다
"왜 노인정 안 가세요?"

.

.

.

"형들이 심부름 시켜서"
이제 73세는
노인도 아닌 세상

• 박향숙 : 70대는 노인정에서 새파란 젊은이로 통해요
• 이성원 : 저희 시골 고향마을 청년회장 67세입니다 ㅎ
• 이기철 : 형님아~~~~
• Eunhee Kim : 고령화사회의 단면을 재밌게 풍자해주셨네요~
• 조서정 : 너무 웃겨요^^재밌게 잘 읽었습니다
• 성환희 : 현실입니다.
• 정현미 : 어느 동네 청년회는 70세까지라
        시골 동네로 살러 가신 유홍준 교수님께서
        퇴직 후에도 한동안 젊은이의 굴레에서 못빠져 나오셨대요.
        지금은 나왔으려나? 상한선을 75세로 올렸으려나? ㅎ

그런 사람도 있어야지

사람이 말도 못 하게
미울 때가 있지요
그럴 때 미움을 태울
어르신들의 말이 들립니다

"세상에 그런 사람도 있어야지"

그 미운 사람을
용서하기 힘들 때가 있지요
그럴 때 그 힘을 조금 덜어주는
지렛대 같은 말이 들립니다

"그 사람이라고 그러고 싶었겠냐?"

그런 사람도 있는 겁니다
그러고 싶지 않았겠지요
사람이 이해가 안 될 때
어르신들의 말을 떠올립니다

- Joseph Yi : 그 사람이라고 그러구 싶었겠나.
- 한명희 : 그런 사람도 있어서 함께 하는 세상이고요.
- 김준현 : 요즘 못된 사람들 만나는 직업에 있다 보니 하면 안되는 걸 알면서도
  못된 짓하는 사람도 더러 있더라구요. ㅠ.ㅠ
- Sungyoon Park : 그런데 도~~저히 이해하고 싶지 않은 사람은 어떻게 할까요? ㅎㅎ
  차라리 미운 것이 여지가 있겠네요.
- 오명자 : 맞아요. 미운 사람 있지요. 사람 사는 세상이니 그저 기도하면 나아져요.ㅎ

가자

눈을 뜨고 볼 수 없는
무식한 죽음의 행렬
그냥 너희 둘이 링 위에 올라가
싸우면 그만인 것을
왜 피지도 못한 꽃을 꺾는가
죽은 아이 다리에
이름을 적는 부모의 마음
영혼까지 찢어져
살아도 산 게 아닌 것을
저들은 자기들이 하는 일을
알지 못합니다
용서를 비는 마음에 피 울음이 맺힌다
용서할 수 없어서 영혼이 운다
노인도 아이도 적이라는
이스라엘 여군의 그 무모함
모든 악마가 그곳에 모였다
기도가 통하는 길도
악마가 봉쇄했을까
아무 죄 없는 피가 도로를 적신다
멀리 떨어져 있는 이곳에서
낙엽에 마음을 실을 수가 없다
낙엽에 그들의 피가 스며있다
아무 소리도 내지 않고
아무 관심도 갖지 않는 것이

폭력의 스승

당신은 무엇을 노래하는가

기도하라 기도하라

죽음을 멈춰 달라고 기도하라

탱크에 짓밟힌

아이들의 탱크 장난감은 무력하다

저항하라 저항하라

저 악마의 질주를

벌레가 지구를 들어 올리듯

작은 소리라도 보내어

저들의 질주를 막아라

- 피나 세라 : 오~~주여
- 백인덕 : 가자에 행진하던 전사들은 다 어디 가고 사진 찍었다 하면
  쥐어 터진 애덜이야. 애덜 죽는 게 괴로우면 지루한 협상을 하든가.
  나 착한 놈이네 하는 것들 덕분에 하마스는 신의 뜻을 다 이루네.
  가치가 없다. 정말
- 최종철 : 오 참 절절 합네다. 이 시, 울 십느라 방에두 올릴게유.
  보고 읽고 느껴야 합네다. 도대체 저게 인류가 할 짓입네까?
  방금 라디오 뉴스에 사망자가 6천 명을 넘어섰는데 미국은 계속 그게
  하마스가 민간인을 인간 방패로 삼고 있기 때문이랍네다.
  이건 뭐 때리는 시어미보다 말리는 시누이가 더 밉다더니 아주 그 꼴이
  지금 나고 있습네다.
  미국은 도대체 전쟁을 말리는 건지 부추기는 건지 분간이 안 갑네다.
- 박용석 : 이게 답이 없는 게 상호 간의 저 땅을 다 자기들만 다 차지하겠다고 하니
  원만히 타협을 봐서 땅을 나눠 가지든가, 한쪽이 완전히 사라질 때까지
  한번 붙든가 해야 할 것 같습니다.
- 박향숙 : 그곳에도 신은 계실까요?
- 김홍림 : 이건 살육입니다. 그저 살육으로 인한 인종 청소라고 밖에요.
  유대인 유대인 유대인들은 예수가 처형될 즈음 저주받은 민족이고
  지금부터는 저주받을 민족이어야 합니다.
- 정관성 : 악마가 따로 없네요.ㅠㅠ

사람이 죽었잖아

독일군이
영국군 시체에서
그의 가족사진을 보고 우네
같은 또래의 같은 아픔
네가 아니면 내가 당했을 것을

국군이
자신의 동생과 너무 닮은
10대의 인민군 시체를 보고 우네
같은 말을 쓰는 같은 핏줄
네가 아니면 내가 당했을 것을

죽음 앞에서는 다 슬픈 법이지
네가 죽지 않으면
내가 죽어야 하는 그 비극
전쟁이 나면 가장 약하고
죄 없는 이들이 가장 많이 죽네

눈물은
좌우도 없고
남북도 없고
종교도 없고
네 편 내 편도 없고
누가 죽든 죽음 앞에서는
다 슬픈 거잖아

불에 타 죽든
떨어져 죽든
폭우로 죽든
총에 맞아 죽든
바다에서 죽든
압사로 죽든

아무 죄 없이
너희들끼리의 싸움 때문에
죽은 이들은
죽어야 할 이유도 모르고
죽어서 더 슬픈 거잖아
네가 아니면 내가 당했을 그 비극
너도나도 그 비극을
언제 당할지 모르는 거잖아

사람이 죽었잖아
그것도 죄 없는 사람이 죽었잖아
아이도 죽고
아이 엄마도 죽었잖아
그런데 그런 죽음을 앞에 두고
네 눈물은 네 편 내 편을 가르는구나

• 아리미 : 아 ㅠ
• Alim Yang : 전쟁은 모두에게 재앙입니다.
• 최예숙 : 찢어지게 아프고 통곡스럽습니다.

우리는 썩어 문드러져야 합니다

어느 할머니 집에서
감을 먹습니다
"할머니, 이거 웰케 달아요?"
"응, 내 똥 먹어서 그래 ㅋㅋ"

올해는 변소 똥을
많이 부었답니다
땅에 썩고 발효된 것이
감을 달게 만든 거죠

옥수수 감자가 익고
배추가 자라고
꽃들이 지천에서
미모를 뽐내는 것도
다 썩은 것들의 힘이지요

나이 50이 넘어가면
슬슬 썩어가야 해요
내가 썩어 주어야
10대, 20대가 예뻐지죠

썩지 않고 버티는
플라스틱 인간들
재활용될까요?
플라스틱은 겸손하지 않아요
권력과 돈은 오만하지요

바다가 다 받아 준다 했죠?
다 받아 주는 건 땅이에요
냄새나는 것들을 다 받아
기적을 꽃 피우죠

오늘 하루도 잘 썩었나요?
당신은 잘 썩고 계신가요?

• 성창경 :
  새싹이 돋아나고
  꽃 피고
  열매 맺고
  열매 익어
  추수하여
  곡간에 들이고
  잎과 가지는 썩어서 흙이 되고 거름이 되고
  우리 인생도 육체는 흙으로 돌아가고
  정체성은 알곡이 되어
  천국의 잔치에 참여하리니
  영원한 안식을 누리리니
• Eunhee Kim : 맞아요. 잘 썩어서 거름이 되어야 또 새로운 싹을 틔우지요.^^
• 피나 세라 : 썩으면 죽는데 플라스틱 세상 되어가지만 또 다른 세계가 돌아오겠쥬.
• 정관성 : 썩을 놈 오늘도 썩어갑니다.^^

너희는 한국인이 맞느냐

이제 그만들 하거라
나는 대한의 독립이 중요했지
내 동상은 하나도 중요하지 않다

나는 우리의 해방도
못 보고 죽었는데
빨갱이는 웬 말이냐

나는 파르티잔이다
나라 없는 백성의 비정규군
그걸 빨갱이라고 부르는
이 무식은 무엇이냐

살아서도 억울했던 날들
죽어서도 억울해야겠느냐

내가 대한민국 첫 번째 군인으로
전쟁터에서 독립을 위해 싸울 때
김일성은 일곱 살 꼬마였다
무엇을 또 뒤집어씌우는가

그토록 일본을 몰아내려고 애썼건만
온통 일본 세상이 되어 버린

너희들의 모습을 보고
다시 떨쳐 일어나고 싶다

일본 오염수를 받아서
온통 나라를
이상하게 오염시키는구나

내 동상은 아무렇지도 않다
나라 꼴이나 제대로 잡아라
선생님은 왜 거리로 나왔는가

봉오동에서 3일간 잠도 못 자고
일본군 157명을 사살하고
잠시 담배 한 대 피우던 그 시간이
내게는 가장 행복했다

내가 우리나라를 위해 할 수 있는
가장 큰 일을 했다는 자부심이
너무 벅차게 차올라서 행복했다

나는 나라를 위해
대일 선전포고를 했는데
너희들은

나에게 선전포고를 하는구나

너희의 정체는 무엇이냐?
너희는 대한민국이 맞느냐?
너희는 한국인이 맞느냐?

- 남후양 : 이게 즉흥적으로 쓴 시임을 감안한다면 이 시, 진심이 담겨 있는
  귀하고 소중한 시입니다. 하느님께서는 우리 조양제 샘만 각별히
  사랑하시나 봅니다. 이렇게 영혼 벅찬 시를 발표하신 조샘을 향하여
  받들어 총!
- 박승호 : 역시 일제시대 생긴 국민학교를 다녀서 그런지 글귀에 정기가 흐르네~ㅎㅎ
  쪽바리 쉐이들 징그럽다!
- 성창경 : 아주 좋습니다.
- 엄학섭 : 와 속이 후련하네요. 조양제 시인님 더욱 건강한 모습으로 건필하시기
  바랍니다.
- 전재민 : 예. 현실을 바로 보는 혜안을 가진 시입니다.
- 손린 : 고맙습니多. 명작입니다.
- 최상근 : 홍범도 장군의 퍼렁퍼렁한 외침이 들리는 듯합니다!!
- 양태현 : 요즘 응어리진 마음이 뚫어지는 것 같아요. 감사합니다.
- 박정규 : 홍 장군님의 목소리가 섞여 있습니다.
- 최윤희 : 전 아까 이거 읽었을 때 울었어요..ㅠㅠ
  너무너무 죄송하다고 무릎꿇고 사죄드리고 싶네요ㅠㅠ
- Giheon Yang : 저의 심장이 동요합니다. 더 강렬한 원색적인
  시구가 떠오릅니다. 참혹한 현실에 망연자실.
  눈과 귀를 닫고 머릿속엔 감투에 굴종한 악령과 비굴함이 가득한
  인간 말종 들…
- Jorge Sandanter : 거꾸로 돌아가는 이 정권

남의 일 같지 않다

밤나무가
태풍에 꺾여
땅바닥에 누워있는
참나무의 죽음을 본다
남의 일 같지 않다

두루미 한 마리가
도로 위에 죽어 있는
자기 짝을 보고
하늘을 보고 운다
남의 일 같지 않다

버스 안에서
실려 가는 돼지의 눈과
마주치고 말았다
곧 누군가의 입으로 돌진할 운명
정말 남의 일 같지 않다

너의 죽음
너의 울음
너의 운명
자세히 보면
가만히 보면
남의 일 같지 않다

너의 눈으로 보아도

나의 눈으로 보아도

남의 눈물 같지 않다

• 김춘성 : 제 눈에는 최고의 시입니다. 덜컥 합니다.
• 최상근 : 엊그제는 평생을 우리 안에 갇혀 살다가 겨우 1시간 동안 숲속의 자유를
　　　　　맛보고 '저항 없이' 엽총에 맞아 생을 마감한 사자에 관한 기사를 보았습니다.
　　　　　정말 남의 일 같지 않았습니다. 몇 달째 당뇨로 고생하는 우리 집 고양이를
　　　　　바라보니 더욱 더... 세상 모든 목숨 가진 것들은 '남'이 아니라는
　　　　　통찰을 배웁니다. 고맙습니다.
• 예관수 : 대문 밖이 저승이라는 회심곡이 현실이 되었습니다.

가납사니

그놈의 입이 문제야
자꾸 나서야 했던 입
나의 입을 나의 입이 막고
너의 입을 나의 입이 틀어막고

결국 무슨 말을 뱉은 거야
결국 같은 말을 뱉은 거야

어제의 말에 취해
나의 과거에 왕관을 씌우며
늘 그랬듯
늘 후회하듯
그놈의 입이 문제였던 거야

너의 입이 떠든 오만
너를 무덤으로 데려가는데
너는 전혀 모르고 큰 소리 치지

너의 과한 입에
꽃이 부끄러워하고
강아지도 고개를 돌리는데
너는 전혀 모르고 입 냄새를 피우지

너는 이제 어디 가냐

너는 이제 어디 사니

너의 입이 너의 길을 잃게 만들

너의 눈치 없는 입을

고해소 앞에 세운다

- 김동욱 : 사전 찾아봤네요. 가냐사니. 또 하나 배웁니다. ^^
- 정혜례나 : 참.....꼬챙이같은 시입니다. 뜨끔
- 심인자 : 참 좋은 시 입니다. 저도 저 속의 어느 입 입니다.
          시도 그림도 마음을 흔드네요.
- 고철 : 태풍도 오는데 저도 입단도리 해야겠어요.
- 남후앙 : 필요한 말 외엔 침묵이 가장 좋은 설득이죠.
- 박용석 : 입은 밥 먹으라고만 있지 않습니다. 말도 하라고 있습니다.

빨갛게 열려 까맣게 볶아지는*

남미에서
아프리카에서
공정하지 않게 건너온
너희들과 꽤 오래 살았다

때로는 차갑게
때로는 뜨겁게
때로는 혼자서
때로는 섞여서

빨갛게 열려
세상을 홀리고
까맣게 볶아져
입맛을 홀리고

어느 록 그룹 기타리스트는
육샷으로 너를 만나고
어느 여린 입맛은
라떼는 말이야만 외쳤다

어느덧 물보다 많이
내 피는 커피가 되어
잠들지도 못하고 있다

어느덧 밥값보다 비싸진
내 배는 가베로 채워지고
쓰리고 허한 속을 달랜다.

보리와 엽으로도
충분했는데
이젠 너희들 없이는
사람도 못 만나겠네

빨갛게 익은 내 마음
오늘 하루를 지나면
까맣게 로스팅되겠지
나의 까망이 너의 까망을 만나겠지
내 피도 너의 까망으로 물들겠지

*정세랑 미니픽션 <아라의 소설>중에서

• 남후양 : 오 뭔가 막 근사해지는... 그루브가 있어요. 데헷~^^
• Youngkwon Cho : 공정하지 않게 건너온...이디오피아는 커피 재배로 인해
　　　　　　　　　　국토가 피폐해졌다고 하더군요.

무서운 반복

매일 아침 지하철 3-2번 플랫폼에서 지하철을 타고 늘 비슷한 시간 환승을 위해 달리고 오늘도 어제와 같은 아이스아메리카노를 마시고 어제와 같은 시간에 점심을 먹고 어제와 같은 시간에 엘리베이터를 타고 그 엘리베이터 안에서 어제와 똑같은 광고를 보고 어제 벌어진 것과 비슷한 범죄 뉴스를 보고 작년에 벌어진 폭우를 똑같이 경험하고 몇 년 전의 참담한 참사를 또 마주치고 그러다가 그런 참사에 둔감해지고 10년 전의 정치인 막말에 흥분했는데 오늘도 그런 막말에 흥분하고 그러다가 다시 아아를 마시며 둔감해지고 M6450 광역버스를 탈 때는 늘 버스 기사님 뒤에 앉고 술집에 가서는 20년 전에 먹던 안주를 그대로 먹고 5년 전에 당했던 사기와 비슷한 사기를 또 당하고 3년 전에 만났던 혐오스러운 인간과 똑같은 인간을 엊그제 만나서 또 한 판 하고 한 달 전의 오탈자를 오늘도 똑같이 내고 어제 마신 맥주와 똑같은 맥주를 또 마시고 일주일 전의 장례식장과 아주 똑같은 모양의 장례식장에서 절을 하고 육개장을 먹고....수많은 반복이 나의 일상이 되고 그 일상이 나를 편하게 한다고 착각하고 너무 친숙한 그 일상이 안정적이라 착각하고 그 착각에 안주하고 그러다가 그 일상에 한 방 크게 맞는다 방어할 틈도 없이 비명 지를 틈도 없이 그냥 크게 한 방 맞는다 반복이 내 인생의 살점을 야금야금 뜯어 먹고 있는데도 전혀 눈치도 못 채고 살다가 그냥 크게 한방 맞고 어제 그 사람이 갔던 방식 그대로 간다

- Changsoo Ko : 인간의 숙명이란 거겠죠. 나쁜 일을 당하는 사람은 맘이 착하기 때문입니다.
- 이호상 : 그래서 육체와 정신을 분리시키는 논리가 개발되었는지도 모르겠습니다. 현실 속의 무감각한 나와, 지성을 간직하는 고결한 정신.
- Joseph Yi : 반복을 돌아보는 것도 어제의 반복인가요?
- Sophia Yoon : Thinking
- 박동남 : 산다는 일이 일상이 반복은 모두가 거의 같을 것입니다. 특별한 사건이 없는 한요.. 하루하루를 무탈하게 보내는 것이 다행인 것이지요. 내일 일은 모르지만

다들 이렇게 갔었구나

나는 조금 전에 죽었다.
하늘이 퍼부은 물을 먹고
흙을 갈아 마신 물을 먹고
아무런 저항도 못 하고 죽었다.

불과 15초 사이
평생 마실 물을
다 마시고 죽었다
눈물이 나올 틈으로도
물이 들어와 죽었다

이렇게 가는구나
다들 이렇게 갔었구나
속절없이 갔었구나

내 몸
내 영혼이
퉁퉁 불어 터져
누군지 모르겠다
내가 아닌 내가 죽어 있다

죽으면 분노도
같이 죽는다고 했던가

그래서 누구에게 화를 내야 할지
모른 상태에서 죽어 있다

나의 죽음을 누군가
CCTV로 구경한다
나는 죽어가고 있는데
그는 구경만 한다
그러나 분노할 수 없다

성실했는데
착하게 살았는데
나는 조금 전에 죽었다

2023년 7월 어느 날
나는 버스 안에 앉아
들이닥친 흙 물을
모두 마시고 죽었다
비명도 지르지 못하고
공포에 떨며 죽었다

이제 그만했으면 좋겠는데
또 누군가
나처럼 조금 전에 죽었다

.....

삼가 나에게

삼가 그에게

삼가 그 어쩔 수 없는 공포

그 어쩔 수 없는 죽음에게

기도를 올린다

- Alim Yang : 맘 아픕니다.
- 조근호 : 불의의 인재, 천재로 애꿎게 희생당하신 분들의 명복을 빕니다.
- 이원 : 삼가 깊이 애도를 표합니다. 슬픕니다.
  반복되는 우를 범치않기 위해 기도합니다. 아멘 그리스도의 이름으로.
- 김지훈 : 마음이 아프네요.
- Eunhee Kim : 불의의 재난으로 허망하게 간 고인들의 명복을 빕니다.
- 동명숙 : 가슴 아픕니다.ㅜㅜ
- Sophia Yoon : 누구나 갑니다. 그러나 허망하게 보내면 그 그리움은 ㅠㅠㅠ
  국가가 대통령 있는 이유는 정부 혼내고 하는 게 아니라
  열 일 제치고 국가 사태에 함께 사과하고
  함께 문제점 매뉴얼화 하고 등등
  검찰 출신이라 아픔에 공감 능력 down ~~~ 두 ㅅ 부창부수 ㅠㅠ
- 고철 : 간절한 마음으로 고인들의 명복을 빕니다.
- 심창호 : 삼가 고인의 명복을 빕니다.
- 김홍림 : 이제 국민들이 '무정부 상태' 라고들 하네요.
  작년 한남노 때 대통령이란 작자가 그렇게 지껄이더니 결국 또 이렇게.
  이번 정권은 앵무새 정권인가? *희생된 분들의 명복을 빕니다.
- 권서각 : 평화가 있는 나라로 잘 가시라.
- 유현수 : 국가가 죽임을 방임하는 나라, 이태원 참사로 생때같은 아들딸
  159명을 죽임으로 몰아넣은 윤석열 정부, 대한민국 전체가 물 폭탄으로
  수십 명 사상자, 천문학적인 피해가 발생했는데도 전쟁중인
  남의 나라 가서 헛소리, 콜걸 마누라는 명품 샵에 가서 호화 쇼핑 —
  젓같은 나라, 이게 나라냐 지옥이냐.

194

왔다 갔다

매일 낮과 밤이
선수 교체를 하듯
내 마음에도
태양과 달이 수시로
선수 교체합니다

자뻑의 태양이
방긋 웃다가도
자학의 달그림자가
마음을 먹먹하게 합니다

길가 개망초만 봐도
기분이 환해지다가도
그 화려한 장미에도
왈칵 기분 나빠집니다

어느 날은 마음에
은하수가 뜨고
어느 날은 장마에
온종일 마음이 축축합니다

우주에서 온 놈이라 그런지
우주의 변화대로
마음이 출렁입니다

어제의 시는
너무 잘 써서
스스로 취해 있다가도
오늘의 시는
이런 개똥 냄새나는
시를 다 쓰냐 싶어
염치가 치밀어 오릅니다

하루에도
마음속에
파도가 몇 번을 치는지 모릅니다
그 파도에 가슴 속에
바다를 닮은 멍이 생겼습니다
내가 누구를 그리워하는 건지
나 혼자 외로움에 몸부림치는 건지
내 머리로도 감이 안 잡히고
내 가슴으로도 감이 떨어지지 않습니다

사는 게 늘 왔다 갔다 입니다
해가 뜨고 달이 뜨듯
늘 왔다 갔다 입니다

해를 보고 일찍 오라고 할 수 없고
달을 보고 나중에 오라고 할 수 없으니

그냥 우주의 출렁임에
몸을 맡길 수밖에 없습니다

이게 시인지는
나도 모르고
당신도 모릅니다

우주를 핑계로
내 마음이 출렁거리는 걸
그냥 그려냈을 뿐입니다

뭐라 하지 마십시오.
시시한 하루의
시시한 가슴 속 풍경일 뿐입니다

• 박용석 : 평정심. 예수님이 평안을 준다고 하셨고 그 평안은 세상과 같지 않다고
　　　　　하셨는데, 맨날 오두방정을 떠는 것을 보면 신앙에서건 인간적인
　　　　　성숙함에서건 언제나 부족하죠.
　　　　　한 500년 살면 좀 나아지려나 모르겠어요. ㅎㅎ
• 문강환 : "내가 누구를 그리워하는 건지.. 혼자 외로움에 몸부림치는 건지"
　　　　　이 말이 글이 참 시립니다.
　　　　　오늘 하루의 단상에서
　　　　　방황하고 갈등하는 님의
　　　　　가슴앓이가 왠지 함께 아픕니다.
　　　　　음유시 잘 먹고 갑니다~^^
• 황규석 : 물처럼 잘 흘러가시네요. 험한 계곡 급류이다가 천리 폭포가 되기도 하고
　　　　　그저 밋밋한 평야 지대도 지나기도 하면서...편안한 밤 시간 되십시오.

6부

–

시를 다시
생각합니다

형용사의 생존에 대한 고찰

어느 전방 시인부대 총사령관은 세상의 형용사들을 총 말살하라는 괴이한 명령을 내렸습니다 형용사 뒤에 숨은 별 볼 일 없는 것들이 벌벌 떨었지요 형용사 부족은 셰익스피어나 세르반테스의 문장에 스며 들어가 근근이 생명을 유지했습니다 톨스토이나 도스토프예프스키의 스토리에 집단 학살을 당할 처지에 있다가 부동항 블라디보스토크의 몇 남은 얼음을 깨고 남하를 해서 김유정과 황순원의 문학에서 잠시 꽃을 피운 적이 있습니다 그들은 친일파의 운명과 같이 움직였는지 자본주의가 거리를 활개칠 때 해방처럼 튀어나와 도시의 온갖 썩은 것들을 포장하기 시작했습니다 맹탕을 그럴듯 하게 만드느라 죽을 고생도 했습니다 알베르 까뮈에게는 유치한 녀석들이라고 혼도 좀 났습니다 필요는 필요를 부르고 낳는 법이죠 힘 안 들이고 물건을 팔기 위해서는 이들의 힘이 필요했습니다 광고 카피라이터들에게는 이런 무기가 필요했습니다 예전 시인부대 총사령관의 피를 물려받은 어느 광고 국장은 카피라이터들에게 형용사 사용금지를 명했습니다 카피는 훨씬 좋아졌고 물건도 잘 팔렸습니다 그러자 이 족속들은 다시 영화판을 기웃거립니다 '찬란한' '경이로운' '비범한' '충격적인' '놀랄만한' 등등이 곳곳에서 재미없는 영화를 파느라 맹활약을 합니다 이들은 대학가에도 침투합니다 내용이 없는 글을 쓰느라 지친 영혼들에게 마약 같은 환각을 선사합니다 형용사 하나로 문장이 하늘로 붕 뜨는 착각을 느낍니다 이들에게는 형용사가 MSG였던 것이죠. 세상에서 불꽃을 다 태우고 사그라지는 인생은 보잘것없는 자신의 인생을 형용사에 의지했던 것에 심한 자괴감을 느낍니다 형용사의 그 잘난 포장지를 불태우며 날 것의 신성함을 깨닫습니다 어느 도시에서는 형용사가 권력의 자리에 올랐습니다 1g의 가벼운 소시민을 100kg의 위대한 영웅으로 만드는 기적을 연출합니다 그 기적에 취해 별별 벌들이 다 모여듭니다 학벌, 재벌, 족벌, 파벌...화려하지 않은 것들이

화려함에 취해 불 꽃처럼 타오릅니다 다 타고 나야 자신의 실체를
깨닫는 것이 명사들의 운명이었던가요 형용사들은 아주 끈질겼습
니다 돌잔치에서 묘비명에 이르기까지 좀비처럼 살아남아 역사가
됩니다 다 죽고 나야 그것들이 연기 같은 것임을 깨닫는 것이 명사
들이 운명 아닙니까 결국 탯줄에 딸려 또 다른 형용사가 세상에 나
올 겁니다 요람에서 무덤까지 형용사의 과한 몸짓에 취했던 명사
들의 인생들이 본연의 모습으로 돌아갈 때 문학도 권력의 뼈가
으스러질 겁니다 박멸할 수 없지만 같이 살아야겠지만 영혼을 오만
으로 이끄는 이들의 유혹에서 최대한 벗어나야 합니다 그것이 전
방 시인부대 총사령관의 유지입니다 샬롬

• 이남섭 : 좋은 글 잘 보았습니다. 저도 뒤돌아 보게 됩니다. 감사합니다.
• 이양순 : 글을 읽으며 문득 떠오릅니다. 형용사의 실종.
          형용사가 많으면 진부해지는 느낌. 매끈한 글 선호.
• 남후양 : 멋 부리지 않은 의연이 반짝이고 있다!
• Giheon Yang : 아무리 평가절하해도 이효석 님의 "메밀꽃 필 무렵"은 노상 감탄하며
          읽고 외웁니다. 같은 형용사라 해도 천박스러움과 지고지순함의 극명한
          차이는 있음에 도매금으로 매도할 것은 아닐듯 싶네요.

사람의 시를 써라

꽃을 보고
꽃을 위한 시를 쓸 게 아니다
그 꽃을 보고 가슴에 꽃이 핀
사람의 시를 써야 한다

노을이 아름답다고
노을에게 시를 바칠 게 아니다
그 노을에 젖어 드는
그 너머로 자꾸 끌려가는
사람의 마음을 써야 한다

지금 내 곁을 스치는 계절은
천년 전이나 백년 전이나 1년 전이나
시를 불렀고 노래를 불렀고
사람을 울렸다

이 계절을 위해 시를 쓰지 마라
계절에 마음도 뺏기고
계절에 추억도 뺏겼던
사람을 위해 시를 써라

강한 것 같으면서도
떨어지는 꽃잎 하나에도

마음이 먹먹해지는
잘 버티는 것 같으면서도
가벼운 바람에
마음이 뻥 뚫리는

너희들보다 덜 예쁘고
너희들보다 더 아름답고
너희들보다 더 변덕스러운
사람을 위해 시를... 쓴다

• 심인자 : 참 좋습니다.
• 아리미 : 이 아침에 멋진 시를 읽습니다. 고맙습니다.
• 한명희 : 꽃과 노을을 보고 사람의 시를 쓰라는 시인님 멋지세요.

시 속에서 울다

남자라서
아버지라서
참아야 했던 울음들을
시를 읽으며 쏟아낸다

아름다운 시인들의
아름다운 언어를 질투하며
그들이 쏟아낸
옥수수밭 같은
시구들 사이에 숨어
소리 내어 운다

시인은 대신 아파하는 사람
시인은 대신 눈물 흘리는 사람
그들이 울기에
나도 울 수가 있다
그들의 눈물에
내 눈물도 자유로울 수 있다

막걸리 한 잔에 시를 섞었고
총각김치를 베어 물며
피맺힌 욕설을 토해냈다
저항할 무기가 없는 자들의
가장 강한 무기가 시였다는

시집들의 위로에
저항 없이 안겼다

어떤 시인은 분노하라고 했지만
분노의 감정은
적들의 궤변에
농락당하고
눈물은 눈물을 잡아먹는다

나에게 시는
오르막길의 지팡이
내리막길의 브레이크였고
뜨거운 철물 위로
엄지손가락을 올린
터미네이터였다

어느 바람 부는 어두운 골목
툭 떨어진
발가벗겨진 시에
내 감정의 옷을 입히며
어서 가서 내 적을
무찔러 달라고 했다

막연하게 기대고
희망을 걸었다

시 속에서 시원하게 울고
다시 희망을 노래했다
그들이 다 해줄 것 같았다

김남주가
기형도가
정호승이
김수영이
박노해가
황동규가
나태주가
오규원이
이성복이
황지우가
문정희가
신동엽이
안도현이
나희덕이
함민복이
다 해줄 것 같았다

그들의 눈물 속에 묻히면
내 눈물도 그들이 되고
그들의 눈물도 내 눈물이

될 것 같았다
그래서 더 시 속으로 들어갔다

내가 울면 누군가는
더 크게 울 것 같다
그래서 오늘도
내 눈물을 닮은
시 한 편을 입에 물고
나만 아는
나의 눈물을 흘리고 있다

• 남후양 : 진정한 시인의 참 아우라를 대합니다. 감사합니다.
• 최예숙 : 함민복
    다음
    조양제
    .
    .
    .
    최예숙
    ㅎㅎ

어려운 시를 따라간 어느 날

어떤 유명한 시인의 시를 읽었지요
비유가 절창이고
단어가 찰집니다
근데 이게 무슨 말일까?

제대로 알아듣지 못해도
멋있는 그 몸짓에
내 눈이 사로잡히고
내 발목이 걸려 넘어집니다

어디 묘한 세계로
자꾸 나를 끌고 가네요
도대체 이게 무슨 소리야?

지상의 세계에서 만나기 힘든
이상한 아픔, 이상한 슬픔이
단어 사이에 어떤 연관도 없이
배배 꼬여 저를 휘감습니다

하...
못 알아듣는 내 자신이 답답해
한숨만 나옵니다
같은 단어를 쓰는데

왜 나에게는 모스 부호 같을까요

어려우면 더 박수를 받는 사람들
너무 쉬워서 강아지풀의
가벼운 언어 세계인 나는
괴물 같은 이들의 세계에서
언어를 상실한 이방인 같습니다

그들의 세계
그들의 언어
그들의 문학
그들의 평론
부러워해야 할지
난감해야 할지
시를 쓰고 싶었는데
다른 별에 착륙한 느낌이지요
당신들 도대체 뭐지?
원래 이런 세계였나?

솔직한 심정은
어떤 미친 사람이
술 먹고 쓴 시 같았어요

그런데 어느 평론가는 극찬하고
대단한 문학상을 휩씁니다
나의 박수는 소리도 못 내고
허공을 방황합니다

따라 하고 싶지만
내 언어의 발목은 너무 쉽고
가늘어 자꾸 넘어지기만 합니다

진짜 아파서
진짜 외로워서
진짜 슬퍼서
몸부림치는 내 시는
도무지 알 수 없는
그들의 언어 지뢰에
발목이 작살 나서 주저앉고 맙니다

별수 없지요
그들이 보이지 않는 저 바깥에서
부러진 내 시의 발목을 부여안고
나는 또 차가운 달을 보며
나만의 시를 노래할 수밖에요

- 황규석 : 공감합니다. 저는 실력 부족으로 등단도 못 했고 제멋대로 글을 쓰고
  수준 있는 작품인 시나 수필이라 말하지 못해 그저 단상으로 정리합니다.
- 박용석 : 가장 훌륭한 문학은 문학을 공부하지 않은 보통 사람도 읽고
  감동할 수 있어야 하지 않을까요? 난해한 것도 좋고 엄청난 표현도 좋은데
  왠지 그냥 헛된 기교만 부린 듯한 글은 울림이 없습니다.
- 이원 : 덧칠하지 않은 순수함이 좋습니다.
- 박동남 : 너무 어렵고 난해한 시들이 많습니다.
  시인이 시인의 시를 해독하지 못하는데
  하물며 일반 독자들은 어떨까요..
  그래서 독자들은 시를 외면하지요.
  시인들 끼리만 어렵게 어렵게 가는 그들!!
- 박향숙 : 어려운 시가
  이해할 수 없는 시가
  감동을 줄 수는 없지요.
- 문인수 : 충분합니다.
  그들 못지않습니다.
  한 사람의 지지와 응원
  그 사람보다 위대할 수 있습니다. 글귀에서 느껴집니다.
  쓰신 시 꼭 읽어 보고 싶습니다. 페북 훔쳐 보겠습니다.
  선생님, 멋지십니다.
- 최예숙 : 그런 시의 골목을 지날 때나마 발목이 삐끗합니다.
- 배송제 : 남녀노소 두루 공감해야 좋은 시 아닐까요(????)
- 정관성 : 제 발목을 보게 됩니다. 튼튼한데 어려운 시를 보면 걸려 넘어질까 봐,
  튼튼한 발목 상할까 봐 돌아서 가게 되더군요.
  소풍 용돈 모아서 시집을 사던 문학소년이기도 했건만...
- 임옥경 : 깊이 공감합니다.
  저는 쉽게 씌어진 진솔한 시가 좋더라구요.

페이스북을 위한 시

나보기가 역겨워 가시는 분도 많고
나보기가 재밌어 머무는 분도 많고
어떤 날은 자랑질에 날이 새고
어떤 날은 너무 심했나 반성만 하고
일기장처럼 쓴 글에
댓글은 신문기사처럼 달리고
에헤라딩요 페이스북북북

하루 몰아서 좋아요 폭탄 날리는 사람
한 사람만 몰아서 좋아요 폭탄 날리는 사람
좋아요 할까 최고예요 할까
쓸데없는 수위 조절 고민하고
새 책 광고하면 사 보기 바쁘고
멋있는 풍경 보면
사진만 찍으며 돌아다니고 싶고
에헤라딩요 페이스스북북

갑자기 진지하게 철학적이었다가
갑자기 지저분하게 정치적이었다가
갑자기 뜬금 먹방 좀 하고
하루라도 책 안 읽으면 안 되는 사람이었는데
하루라도 페북 안 하면 안 되는 사람이 되고
내가 쓴 글, 내가 쓴 시에 좋아요 막 달리면
아주 심하게 오지게 착각의 늪에 빠지고
에헤라딩요 페이스르르북북

페친은 많은데 좋아요 가뭄이면 쓸쓸하고
이런 거 왜 하는가 싶다가

좋은 사람, 좋은 글 만나면 중독처럼 빠져들고
내 글이 공해일까 싶다가
너무 눈치만 보는 삶을 살았던 것 같아
다시 막 공해를 발산하고
오랜만에 내 담벼락에 댓글이 몰린 날은
하던 일 제쳐놓고 대답해줘야 할 것 같고
에헤라딩요 페이스북부르르

내 삶의 페이스를 내가 끌고 가는지
페이스북이 끌고 가는지 헷갈릴 때가 많고
페이스북을 오타 내서 페니스북을 썼다가 질겁하고
그러다 그냥 꼴리는 대로 쓰라는 깨달음을 얻고
그렇게 남들 관심 갖지 않는 내 흔적이 남고
외로워서 만지작거리다가 더 외로운 섬에 갇혀 버리고
그렇게 페이스북에 내 인생의
이상한 해가 뜨고 지고
에헤라딩요 페이스부르르북북

• 최소영 : 왜 제 얘기 같지요? ㅋㅋ 미술관도 됐다가, 서점도 됐다가
  훵하니 세계여행도 떠나보고, 못 가 본 산들도 올라 보고,
  떠날 수 없는 페북 세상, 늘어가는 건 내 앞에 쌓이는 읽어야 하는 숙제들 ㅋ
• 박향숙 : 에헤라딩요 ㅠ 에이스 부크
• 한상기 : 조양제 작가님,
  '내 삶의 페이스를 내가 끌고 가는지 페이스북이 끌고 가는지?'
  좋은 말씀입니다. 한상기 드림
• 김준현 : 형님 그러다 페이스 잃으시면 아니 되옵니다. ~~
• Sungyoon Park : 조양제 선생님의 진솔한 글에서 산소를 느낍니다. ㅎㅎ
• 김영숙 : 좋은 글 감사합니다. ~^^
• 표광배 : 거참 휴가를 가서도 휴대폰을 들고 있으니 병인 것 같습니다. ^^
- 홍종혜 : 라임 죽이네요.
- 정관성 : 뒤에 책이라고 이름이 붙어서 작은 위안이 됩니다. ^^
- 김호현 : 어쩜 그리도 맞는 말씀을 콕 찝어서 하시나요...ㅎㅎㅎ
- Greg Cho : 참 .. 다양다감하네요. ^^

별과 바람의 시

별이 한 글자를
흘리고 간다
유성 같은 단어를
주워 담아
별에게 다시 올린다
나의 어둠에
당신은 생명의
빛이었음을 전한다

바람이 배달한
단어 하나에 먹먹하다
세상에 없던 한 사람의
단어라서 목이 매이는가
내 땀방울을 쓸어 모아
여기 잘살고 있다고
바람에게 다시
왔던 곳으로 돌려보낸다

별이 흘린 단어를 모아
시를 쓴다
유성 같은 시를 쓴다

바람이 가지고 온 단어로
시를 쓴다
바람 같은 시를 쓴다

어디서 빛날지 모를
별이 되어
어디로 갈지 모를
바람이 되어

별 같은 시를 쓴다
바람 같은 시를 쓴다

• 남후양 : 멋진 작품입니다. 감탄이 절로 나옵니다.
• 박용석 : 세상에 없던 한 사람이란 무슨 의미일까요?
　　　　　오늘 태어난 사람일 수도 있고, 오늘 살아있는 모든 사람들이
　　　　　처음엔 세상에 없던 사람이었으니
　　　　　우리 모두가 해당되는 것 같기도 하고요.
　　　　　땀방울 쓸어 모으며 살만큼 난 열심히 살고 있다고 별과 바람에게
　　　　　보고하는 것 같습니다.
　　　　　열심히 살아야 될 이유는 다음에 찾더라도 말이죠.
　　　　　어떻게 사는 것이 잘 사는 인생인지는 꺾어진 백년을 넘게 살아왔어도
　　　　　여전히 잘 모르겠지만, 글에 나와 있는 것처럼
　　　　　열심히 살아야 하는 것은 맞아 보입니다.
• 박승호 : 바람이 별한테 이겼네~ㅎㅎ

당신의 가슴에서 다시 나가는 글

페친 여러분들의 댓글이
제 생애 첫 시집을 만들어 주셨습니다

시에 댓글을 다는 사람들의 마음은 어떤 마음일까? 어떤 분은 그냥
감동을 해서 '아...' 한 글자만 남기고 어떤 분은 문학평론가처럼 각
연에 대한 분석과 생각을 남기기도 한다. 이 모든 반응은 시인에게
진심으로 읽힌다. 시 한 편을 던졌는데 바로 반응이 나오고 심지어
답시를 쓰는 경우도 있다 이게 시와 소통하는 사람의 살아가는 맛
아닐까 싶다.

2011년부터 페이스북을 시작하다가 내 인생에 안 좋은 일이 쓰나
미처럼 몰려왔다. 뭐 이렇게 하는 일마다 안 되는가 싶을 정도로 밑
바닥으로 추락했다. 그런데 그렇게 추락할 때마다 나는 늘 책의 힘
으로 일어섰던 것 같다. 예전에 내 인생 첫 책을 낼 때도 그랬다.
이번에는 시가 나를 일으켜 주었다. 2022년부터 다시 페이스북을
시작했고 2023년부터 페이스북에 시를 올렸다. 일단 가볍게 세줄
시부터 시작했다. 내 머릿속에 번쩍하는 것들을 세줄에 담았다. 그
세줄로 페친들과 소통을 했다. 두줄시인으로 자리 잡은 최상일
시인과 보조를 맞추며 세줄시인의 길을 걸어가려 했다. 그런데 세
줄의 방 밖으로 자꾸 내 시가 뛰쳐나가려 한다. 가슴에서 터져 나오
는 무엇이 멋있게 옷도 차려 입지 못한 채 세상 밖으로 나간다. 그
녀석들을 다시 불러 모아 이렇게 시집으로 엮었다. 좀 투박한 녀석
들이지만 그 나름의 매력이 있을 것이다. 그 매력을 페친 여러분이
반응해 주셨다.

2023년 4월 나는 〈문학과 예술〉이라는 잡지를 통해 시인 등단이
라는 타이틀을 얻었다. 그러나 그 타이틀이 시인의 삶을 대변하지
않는다는 걸 너무나 잘 안다. 그래서 더 시집을 많이 읽었고 더 많
은 시를 썼다. 결국 시집을 읽고 시를 쓰는 사람이 시인이라는 마음

으로 살았다. 어려운 시집을 손에 들고 한숨을 쉰 나날도 많았지만, 시가 있어 내 건조한 사막 같은 인생에 오아시스를 만들 수 있었다.

일주일에 한 편씩 시를 쓰다가 탄력을 받아 2023년 겨울부터는 거의 매일 시를 썼다. 그렇게 쌓인 시들 중에 페친들이 적극적으로 댓글을 달고 교감을 해주신 시 100편을 엄선하여 세상에 없던 페이스북 소통 시집을 낸다. 내 생애 첫 시집을 페친들과의 소통으로 완성했다. 물론 페이스북에 "여러분의 댓글을 제 시집에 담아도 되겠습니까?"며 정중하게 여쭈고 동의를 거쳤다. 참 재밌는 경험이다. 세상 어떤 시인도 해보지 않은 일이라 내 가슴을 더 설레게 한다. 내 시에 댓글을 단 페친들도 '나, 조양제 시인의 시집에 이름이 올라갔어'라는 신선한 체험을 하게 된다. 뭐, 내 시집이 대단한 건 아니라서 그분들에게 그닥 큰 설렘은 아니겠지만 한 번도 경험하지 못한 일이라는 건 맞을 것이다.

페친 중에 잘나가는 작가인 김종원 선생님이 계시다. 그분이 댓글의 중요성에 대해 페북에 이런 글을 올리셨다. 그 전문을 올린다.

────────

진짜 인생을 시작하는 가장 간단한 방법
"저 댓글 진짜 안 쓰는데
글에 감동해서 댓글 남겨요."
간혹 이런 댓글을 남기는 분이 있다.
물론 감사할 일이고,
그 마음이 어떤지 안다.
하지만 '댓글 진짜 안 쓴다"라는 건,
사실 고쳐야 할 태도다.

댓글을 반드시 써야
읽은 글이 나의 것이 되기 때문이다.
세상에 사소한 글은 없다.
영감은 쓴 자가 아닌 읽은 자의 것이다.
뭐든 읽고 자신의 생각을 댓글로 남겨라.
그래야 진짜 인생을 시작할 수 있다.

————————

내 시에 댓글을 다신 분들도 김종원 작가님의 표현대로라면 내
시를 자기 것으로 가지고 간 셈이 된다. 시인이 시를 세상에 내놓
으면 그 시는 이미 시인의 것이 아니라 그 시를 가슴에 품은 독자의
것이다. 내 시도 마찬가지로 페친의 것이 되었다.

이 시집은 세상 대부분의 시집 뒷부분에 꼬리처럼 달린 문학평론가
님들의 해설이 없다. 아직 해설을 받아낼 수준 높은 시가 아니라 굳
이 청하지도 않았고 솔직히 조금 욕심이 들어 좋은 시집을 내는 출
판사에 투고를 해봤지만 당연하게도 거절을 당했다. 그래서 그냥
내가 가진 출판사에서 내 첫 시집을 내기로 했다.

〈어진책잇소〉의 [어진시인선] 첫 시집. 그러나 [어진시인선 1]이라
고 붙이기는 민망하다. 나중에 좀 위대한 시인들을 앞자리로 모시
기 위해, 절판된 시집을 다시 살리기 위해 내 번호는 12번 정도로
붙여 본다. 마치 정치인들의 비례대표 정도라고 보면 좋다. 이건
[어진시인선]을 멋지게 완성해 가고자 하는 내 욕심이자 의지다. 부
디 앞번호 시인들에게는 시집도 없으면서 이렇게 해도 되는 거냐고
따지시는 분들에게는 이 정도의 내 의지를 보여드리며 양해를 구한
다. 한편으로 귀한 시인을 모시겠다는 홍보성 전략이라고 보셔도
좋을 것 같다.

좀 독특한 시집이네 하는 마음으로 재밌게 봐 주셨으면 좋겠다. 나는 주로 자연을 노래하고, 약한 자들에게 눈이 가고, 인생의 축축해진 눈물을 시에 담으려 했다. 그리고 중요한 것 중 하나, 내 시는 어렵지 않다는 것이다. 뭐 빙둘러서 무슨 얘기인지 독자들이 큰 노력을 들이지 않아도 한방에 이해될 그런 시를 썼다. 그런 시에 페친들이 뜨거운 반응을 해주셨다. 그 반응들, 그 댓글들을 보는 맛도 쏠쏠할 것이다. 그 댓글이 내 눈에는 내 시보다 더 반짝이는 별 같았다.

이 자리를 빌어 제 시에 따뜻한 응원의 댓글을 남겨 주신 분들, 비록 댓글은 안 달았지만 따뜻한 시선과 마음으로 좋아요와 최고예요를 눌러주신 모든 페친 여러분께 진심으로 90도 인사를 드리며 감사의 마음을 표한다.

"페이스북 생활시인, 매일매일 시를 쓰는 조양제 시인은 페이스북을 통해 여러분들과 우리 삶에 대한 이야기를 소통하겠습니다. 같이 소통하며 같이 성장하는 삶을 꿈꿉니다."

감사합니다.

너는 단 하루도 비를 맞지 않았다

1판 1쇄 인쇄_ 2024년 03월 25일
1판 1쇄 발행_ 2024년 03월 29일

지은이_ 조양제
펴낸이_ 조양제
펴낸곳_ 어진책잇所
편 집_ 조양제
교 정_ 조윤철, 박용득
디자인_ 박용득
마케팅_ 어진

등록_ 2023년 2월 14일 (제141-56-00652호)
주소_ 강원특별자치도 원주시 남원로 527번길 42(명륜동) 203호
전화_ 010-5715-3384
팩스
전자우편_ chocopy@naver.com
찍은 곳_ 재영 P&B

※ 가격은 뒷표지에 있습니다.

ISBN 979-11-984240-3-7